小学館文庫

# 永遠に解けないパズル

市川拓司



小学館

# まえがきみたいなもの

いつか、この本を読むきみたちへ。

むかし、むかし、ひとりの女の子がこの学校にいた。この「むかし」がどのくらい前なのかは、きみがいつこの本を読むかによって違ってくる。もし、ぼくがこの本を図書室の棚（伝記コーナー、『発明王エジソン』と『キューリー夫人の生涯』のあいだ）にそっと差し込んだ次の日（つまりは明日だ）に手に取ったのだとしたら、それはまだほんの五年前ってことになる。

そう、たった五年前のことだ。でも、ぼくにはなんだか遠いむかしのように感じられてしまう。まるで、先史時代の神話だかお伽噺《とぎばなし》だかのようにね。

そんなわけで、この物語には、ぼくが勝手につくり上げた「架空の思い出」が入り込んでいるかもしれない。

いや、もちろん正確に書こうとはした。でも、追憶っていうのは創作みたいなもので、同じ時を生きても、みんな驚くほど違うストーリーを語るものだ。美化したり、膨らませたり、背伸びしたり。そうやってぼくらは無意識のままに記憶を脚色しながら「あの頃の思い出」ってやつをつくり上げていく。

会話だってそうだ。いくら忠実に再現しようとしても、彼らのセリフには、どうしたっていまのぼくの語り口が紛れ込んでしまう。

もし、彼らが妙に大人びた口をきいているように感じられたなら、それはこの「無意識の脚色」のせいだと思ってほしい。とはいっても、ぼくらは歳《とし》のわりにはずいぶんとませた子供だった。「複雑な家庭事情」ってやつが、ぼくらに飛び級的な成長を促した。

ついでに言い訳しておくと、なにもかも知ったあとで知る前のことを書くのって、けっこうたいへんだ。

だいたいは知らないふりして書いているけど、ときたま、我慢しきれなくなって、予言者めいたセリフを吐いてしまうこともある。そんなときは、あまり深く考えたりせずに、さらっと読み流してもらえればいいと思う。

まあ、いいや。とにかくぼくはベストを尽くした。五年も掛かってしまった理由のひとつはそこにある。なんたって、これは「仕事」だからね。手を抜くことはけっして許されない。

どのくらい頑張ったかは、読んでもらえればわかると思う。

ちっとも伝記っぽくないけど、ぼくにはこんな書き方しかできなかった（それに実を言うなら、これは「一般的な意味での伝記」でないばかりか、「伝記のようなもの」ですらない。そのように依頼されたけど、ほんとは違う。その一番の理由は、そもそも、これが誰のための本なのかってところにあるんだけど、それはいずれ本文で明かされると思うから、もう少し待ってほしい）。

彼女の真実がうまく伝わってくれることを祈る。

# 1

あの日はすごく暑くて、おまけに湿度もめちゃくちゃ高かった。

ぼくは駅前通りにある小さな本屋にいた。クーラーがホエザルの溜息《ためいき》のような音を立てていたけど（ときたま、痰《たん》がからんだような音もした）、店ん中の空気は外よりややましってぐらいにしか冷えてなかった。

ぼくは頬を流れ落ちる汗をＴシャツの肩で拭いながら一冊の本を立ち読みしていた。『ハリウッドで脚本家になるための近道マップ』って翻訳本。ふざけた題名のわりにはためになることがたくさん書いてあって、ぼくは心の底からこの本が欲しかった。

でも、これがまた６００ページもあるバカみたいに高い本でさ。だからぼくは夏休みに入った最初の日から、毎日店に通って（一日三十分以内。出入り禁止にはなりたくなかったからね。店主のおじさんは、無口な頑固おやじって感じで、けっしてフレンドリーではなかったし)、全ページ読破(そしてできればすべて丸暗記)すべく本に没頭していた。

そんなわけで、肩を叩《たた》かれたときはかなり驚いた。ちょっと声が出たかもしれない。ビクンってなったその拍子に、ほんのちょっと。本屋のおやじさんに注意されたかと思ったんだ。そろそろ限界かなって感じてたし。

おそるおそる振り返ると、そこに彼女がいた。南川桃《みなみかわもも》。

それはそれで驚いた。というか困惑した。同じクラスではあったけど、口をきいたことなんて一度もなかったからね。

「ちょっと話があるんだけど」って彼女は言った。

どことなく怒っているような口調だった。彼女は白いTシャツの上に真っ黒いブルゾンを羽織っていた。ちなみに穿《は》いていた細身のデニムパンツも黒。夏場にこの格好はどうなんだろう? って思ったけど、彼女は汗ひとつかかず涼しそうな顔をしていた。

「話って?」

なにか彼女の気に障るようなことをしたんだろうか? 必死に記憶を巡らせてみる。でも、ぜんぜん思いつかない。当たり前だ。このときまで、ぼくらにはまったく接点てものがなかったんだから。

「うん、ちょっと佐々《さ さ》くんに頼みたいことがあって」

頼み？　なんだろう？　ますます分からない。

「どんなこと？」とぼくは彼女に訊《たず》ねた。

「場所移さない？」と彼女は店の中を見回しながら言った。

「ここじゃ落ち着かない」

「うん、わかった。いいよ」

というわけで、ぼくらは本屋の三軒隣にある喫茶店に向かった。

2

店の名前は「ベルサイユ」。

かなり気取った名前だけど、中は宮殿というよりは、ヨーロッパの古びた町にある素朴な骨董品《こっとうひん》屋といった感じだった。それまで、ぼくはこの店に一度も足を踏み入れたことがなかった。こういった大人びた店は、どことなく近寄りがたい気がしたし、ささやかなぼくの小遣いじゃ、きっとコーヒー一杯だって飲めやしなかっただろうしね（というか、そもそもコーヒーは苦くて嫌いだ）。

もちろん、ここは彼女のおごりだった。彼女は店の常連みたいで、ガンジーみたいな顔をしてガンジーみたいな眼鏡を掛けたマスターと親しげに声を掛け合っていた。

店内はテーブル席が三つと、あとはカウンター。ぼくらは一番奥のテーブルに座った。他に客はひとりだけ。カウンターでフランク・ザッパみたいな顔をしてフランク・ザッパみたいな髭《ひげ》を生やした青年がコーヒーを啜《すす》りながら静かに本を読んでいた。

「なんにする？」と彼女が訊《き》いた。

「ぼく、コーヒーは嫌いなんだ」

「あら残念ね。この店のコーヒーとっても美味《おい》しいのに」

まあいいわ、と彼女は言った。

「だったら、コーラフロートとかどう？」

「うん、いいね。それにするよ」

「じゃあ、コーラフロートふたつ！」と彼女はカウンターの奥にいるマスターに注文した。

「きみも」とぼくは言った。

「コーヒー嫌いなの？」

「好きよ」と彼女は言った。

「あなたに」と彼女は言った。そこで彼女は顔をしかめた。

「合わせただけ」

「あ、そう」

ねえ、と彼女がテーブルに身を乗り出し、ぼくに顔を近づけるようにして言った。

大きな目だな、とぼくは思った。アラブかどこかの猫みたいだ。

「そんなかしこまらないで、もっとフランクにいかない?」

「つまり?」

「まずは名前で呼び合おうよ。きみとか、あなた、じゃなくてさ」

そう言って彼女はゲーと吐く真似《まね》をした。

「そうなの?」

彼女がぷっと吹き出した。

「なにが、そうなの?よ」

「だってほら、ぼくらそんなに親しくないじゃん」

「なら、これから親しくなればいいでしょ? 佐々くんて下の名前はトキオだったよね」

「そう。時間の時に、一郎とか二郎の郎」

「珍しい名前だよね」

「お祖父《じい》ちゃんが付けてくれたんだ。時計職人だったから」

なるほど、と彼女は言った。

「でも、これってジロウとも読めるよね」

「うん、よく間違えられるよ」

「じゃあ、わたしも間違えることにする」

「うん？」

「これから、佐々くんのことはジロって呼ぶわ」

「ウが抜けてるよ」

「むかし家で飼っていたスピッツがシロって名前だったの。なんか、その響きが口に慣れちゃっててさ」

ひどいな、とぼくは思った。ぼくはペットの犬と一緒かよ？　まあ、いいけど。

「南川さんはモモだよね」

「そう、桃太郎の桃」

「3月3日生まれとか？」

「だから」と彼女は言った。

「桃太郎って言ったじゃん。5月5日に生まれたの」

「うわっ、男らしいね」

「うちの親も気が利かないよね。端午の節句に桃じゃあさ、そのうち鬼でも成敗しに行きましょうか、ってそんな感じになっちゃうよ」

それじゃあ、ぼくはきび団子に釣られたお供の犬になってしまう。

「ほんとは、お父さんが好きだった本に出てくる女の子の名前なんだって。勇気のある子に育ってほしいって」

「ああ、それ知ってる」

へえ、と彼女は言った。

「まあ、そんなとこよ」

そして、話は本題に移った。

「お願いっていうのは、ちょっと書いてほしいものがあってさ。ジロは、そういうの好きなんでしょ？」

なんで知ってるんだろう？　とくに宣伝もしてないのに。

「書くって、なにを？」とぼくは訊いてみた。

「伝記のようなものよ」

「伝記？　誰の？」

「わたしの」と彼女は言った。

「き」と言って、それからぼくは「モモの？」と彼女に訊ねた。

喉がなんだかむずむずした。女の子の名前を呼び捨てにするなんて初めての体験だった。それに、この距離感にもぼくはまだ慣れていなかった。近すぎる。

「よくあるじゃん」と彼女は言った。

「どこの誰それは、何年何月に生まれて、学校の勉強はまるでだめだったけど、のちに、これこれこんなことをやって有名になりました、ってそんな話」

あるね、とぼくは言った。

「でもきみは――」と、そこまで口にしたところで、モモに鼻の頭を指で弾《はじ》かれた。

「痛《い》て！」

「ペナルティー。また言ったら、こんどは耳引っ張るよ」

それってペットのしつけじゃないのかよ、と思ったけど口には出さなかった。

「もとい」とぼくは言った。

「でも、モモはまだ十五歳だよ。いつかは有名になるかもしれないけど、いまはまだなにもしてないじゃん。それに勉強だってできるし」

このときのぼくはまだ、あんな事件が起きるなんて知る由もなかったし、彼女の決意にもまったく気付いてなかった。

モモは面倒くさそうにかぶりを振った。真っ黒い髪が彼女の肩で小さく跳ねた。

「いいのよ、その辺はどうでも。とにかく、これまでの十五年間を記録しておかなくちゃって、ふいにそう思ったの。でもわたし、書くのってどうにも苦手だからさ。それでジロに声を掛けたってわけ」

「でも、なんでぼくに？」

「言ったじゃん。書くこと好きなんでしょ？」

「好きだけど、誰にも言ってないよ」

「文集読んだよ。四月に書かされた『将来の夢』」

「あんなの読んだの？」

まあね、と彼女は言った。ついと目を逸《そ》らし店のドアを見つめる。

もうみんな気付いてると思うけど、ぼくの将来の夢はハリウッドで脚本家になることだった。ついでに言っておくと、彼女はたしか、モデルだか女優だかになるのが夢だって書いていたように思う。じつに彼女らしい。

憧れはウディ・アレン。あのひとぐらい頭が良くて、ユーモアがあって、ロマンチックな話を書けるようになったら最高だ。風貌まで似たいとは思わないけど。

だからいまは、ジャンルを問わず片っ端から洋画のビデオを観《み》て、翻訳された原作を読んで、向こうの音楽を聴きまくっている。どれも図書館で借りたものだから、ちょっと古いのが難だけど、名作には古いも新しいもないはずだ。

「ウディ・アレンに憧れてるんでしょ？」

「ほんとに読んだんだね？」

「だから、そう言ったじゃない」

でもさ、と彼女は言った。

「それじゃあ、ジロはウディに嫌われるよね」

ん？　とぼくは言った。

「なんで？」

「だって、ほら、『ぼくを好きになるようなやつは好きになれない』って、あのひと言ったんじゃなかったっけ？」

「違うよ。『自分を会員にするようなクラブには入りたくない』って言ったんだ。それに、これは映画の中のセリフで、しかもグルーチョ・マルクスが言った言葉として使われたんだ」

「似たようなもんじゃない、どっちも」

そうなのかな？　と一瞬考え、それからぼくは彼女に訊ねた。

「でもなんで、そんなこと知ってるの？」

アニキがね、と彼女は言った。

「大学でなんかそういうサークルに入ってたんで、いろいろ教え込まれたの」

「お兄さんがいるんだ？」

あら、と彼女は言った。

「もう、インタビュー開始？」

「違うよ。まだ決めてない。受験勉強だって始めなきゃいけないし」

「あんな高校、逆立ちしながら左手で答案書いたって入れるわよ」

あんな高校とは、ぼくらの中学の半分以上の生徒が受験する公立校で、よほど頭がいいとか、お金があって私立に行くとか、そういうことでもないかぎり、だいたいはここに落ち着くことになる。もちろん、ぼくもその半分以上の生徒の中に入っていた。

それに、とぼくは言った。

「読みたい本もあるし、映画だって観たいし……」

「だからさ」と彼女は言った。

「タダとは言ってないじゃない。もちろん報酬払うわよ。そうすりゃ好きな本だって買えるし、古いビデオなんかじゃなく、でっかいスクリーンでポップコーン食べながら好きなだけロマンチック・コメディーを観ることだってできるじゃない」

あ、とぼくは思った。そういうことか。彼女が普通の十五歳女子じゃないことを忘れてた。モモの感覚は斜め上の方にかなりズレてる。この歳にして「報酬を払う」なんて言葉をしれっと口にするなんて、やっぱり本当のお嬢様なんだ。お金でひとを動かすことに慣れてる。

　彼女が口にした額は、ぼくがとっさに思い浮かべた金額の五倍以上だった。

「そんなに⁉」

「だいたい計算したのよ。どのくらい時間が掛かるか。で、そこに平均的な学生アルバイトの時給を掛けて出した金額がこれよ」

「しっかりしてるんだね」

「当たり前でしょ。フェアな取引をしたいの。搾取はなし」

　考えるまでもなかった。これだけのお金が入ったら『ハリウッドで脚本家になるための近道マップ』を買って、特大バケツに入ったポップコーンを頰張りながら、夏休みの残りの夜すべてを映画館で過ごしたって、それでもまだぜんぜん余ってしまう。

　本屋で立ち読みする時間を作業に当てれば、ぼくは一切の損をせずに大金を手に入れることになる。

　この計算、間違ってないよね？

「わかった」とぼくは言った。

「引き受けることにするよ」

　よかった、とモモがホッとしたような声を漏らした。

　なんだか面白いことになってきたぞ、とぼくは思った。好奇心がむくむくと湧いてくる。

この日まで、ぼくはどちらかと言えば彼女を「好きじゃないタイプ」の側に入れていた。彼女が君臨しているグループそのものが嫌いだったし、彼女の印象もそれと大差なかったしね。

傲慢で、わがままで、気紛《きまぐ》れ。それに粗野っていうか、かなりがさつ。とくに女子だからっていうんじゃなく、ぼくは男子でも女子でも、がさつで無神経な人間は苦手だ。おしとやかでナイーブなほうがしっくりくる（おしとやかな男子っていうのも、ちょっとなんだけどね）。

でも、こうやってちゃんと話してみると、モモはそれだけじゃない、ってことが感じられた。彼女にはなにかがある。もっとよく知れば、この印象はさらに変わってくるかもしれない。

まるで木星や土星を探査したボイジャーみたいだ。ぼくはモモという星を巡る探査機となって、彼女を精査するんだ。

「それで？」とぼくは言った。

「書き上がったら、それをどうするの？」

「一冊の本にして、学校の図書室にそっと置いてくるの」

「え？　それだけ？」

「そう、それだけ。けっこう控えめでしょ？　これは売名行為でもなんでもないの。ただの記録よ。白書みたいなもの」

「南川モモ白書？」

違うわ、とモモは言った。

「題名はもう決まってる」

「へえ、どんな？」

「彼女の物語」

そう言って彼女はにっこり笑った。不思議なほどチャーミングな笑顔だった。

「この匿名な感じがなんだかいいでしょ？」

3

ここまで書いてきて、はたと気付いた。

まだ、みんなにモモが何者なのか、ってことを話してなかったよね？

ぼくと同級生でお嬢様なんだってことぐらいは分かっただろうけど（まあ、それにかなり態度がデカイってことも）、でもそれだけじゃまったく足りない。モモはとびきりスペシャルな女の子なんだ。

だから、ここでいったん時計の針を戻して、これまでの出来事を、ざっとかいつまんで話してみようと思う。ついでに、その他もろもろ、いろんな紹介もかねて。

彼女がこの町に来たのは二年生の秋のことだった。ぼくが彼女と一緒になったのは三年生の春からで、このときはまだクラスは別々だった。父親がこの町にある縫製工場の支社長に就任したんで家族ごと越してきたんだ。

工場はとても大きくて、町の大人の三人にひとりはここで働いていた。クラスの中にも親がここで働いている生徒はいっぱいいた。ぼくの母さんは工場ではなく近くの食堂で働いていたんだけど、客のほとんどは工員さんだったから、つまりは我が家の家計も工場に支えられていたってことになる。

工場はこの町のボスみたいなもので、そのままボスに彼女の父親が収まったというわけだ。

みんな大騒ぎしてた。なんたって、ぼくらの大ボスの娘だし、彼女自身ものすごく目立っていたからね。

この町に来る前は、もっとはるかに大きくて賑《にぎ》やかな都会にいたらしい。

廊下や講堂で見掛ける彼女はまさにそんな感じだった。すごく垢抜《あか》けてて、他の女子たちと同じ制服を着ててもぜんぜん違う。まるで学校が舞台の映画でヒロインを演じてる女優さんみたいだった。

もっとも、噂《うわさ》じゃ彼女は父親のところで、自分専用の制服を特別に仕立てさせてるってことだった。

「よく見ればわかるのよ」と、ある女子は言った。

「スカートのプリーツの幅がちょっとだけ狭いの。ブレザーのウェストも絞ってあるし、きっと生地だっていいのを使ってるはずよ」

ぼくにはまったくわからなかったけど、この「彼女だけがオートクチュール」説は、かなりの説得力を持って女子たちのあいだで語られていた。

彼女はスタイルがよかった。すらりと背が高くて手足が長い、いわゆるモデル体型ってやつだ。そして当然美人だった。

彼女にはすぐに取り巻きができた。四、五人はいたと思うけど、そのほとんどが縫製工場幹部の「ご令嬢」たちだった（そこに「ご令息」たちが加わることもあった）。

彼らはこの町の支配階級に属していた。彼らがぼくらと一緒にいたのは、ひとえに家から通うことができる距離に手頃な私立学校がなかったからであって、とくに郷土愛が強いとか、親が徹底した平等主義者だとか、そういった理由からではないと思う。

まあ、なんていうか派手な連中だった。彼女ほどじゃないにせよ、みんなそれなりに垢抜けてた。

勉強だって当たり前のようにできたし、ピッコロがうまく吹けるとか、ポルトガル語がしゃべれるとか、そういった特殊な技能もさりげなく併せ持ってた。

ちょっと鼻につくような特権意識は感じられたけど、まあ、そんなもんだろう、とぼくは思っていた。なんたって彼女たちは「お嬢様」なんだから。派手で高慢なのは当たり前。

ただ、「ご令息」の中にはふたりほど嫌なやつがいて、そいつらは真の意味でのエゴイストだった。とことん自己中心的で攻撃的。弱い生徒を見下し、自分に有用と見なした人間以外には鼻も引っかけない。ケチで欲張りで、おまけに平気で嘘《うそ》をつく。将来は政治家にでもなるべきだね。きっと成功するだろうから。

まあ、とにかく、そんな特権グループにいよいよ真の女王が降臨したんだから、これはかなりのニュースだった。一般生徒たちは目を皿に、耳をダンボにして彼らの行動を見守っていた。

女王の交代はすんなりといった。格が違ったからね。

もとの女王は高見アキっていって、彼女も工場幹部の娘だった。そこそこ美人で、そこそこスタイルがよくて、そこそこリッチな彼女は、南川モモを見た瞬間に悟ったんだろう。ああ、自分は彼女のスタンドインにすぎなかったんだ。真の女王ってこういうものなのね……って。

アキは「お待ちしてました」とばかりに、すっと脇に身を避《よ》け、南川モモに自分のポジションを譲った。みんなが期待していたような派手なバトルは一切なし。


アキの恋人でこれまた工場幹部の息子のＪＧ（こんなやつイニシャルでじゅうぶんだ。名前を載せる価値もない）が、南川モモに急速に接近したときは、まわりの生徒たちも、そうとうに期待した。これは面白いぞ、一波乱起きそうだ、ってね。

ＪＧのアプローチは露骨だった。

ぼくもよく見掛けた。廊下を歩く彼女に背後霊みたいにぴったりひっつきながら、にやけ顔でなにやら話しかけているやつの姿を。

噂じゃ、かなり値の張るイヤリングだかネックレスだかを彼女に贈ろうとして、あっさり突き返されたそうだ。モノでひとの心を釣ろうなんて、まったくあいつらしい。しかも相手は自分なんかよりもさらにリッチなお嬢様なのに。

まあ、そうやってＪＧは彼女から袖にされ続けたんだけど、もちろん、その姿はアキも見ていたわけで、胸中けっして穏やかではなかったはずだ。

それでもアキは耐《た》えた。これはJGに対する愛情なんかじゃなく、きっと彼女のプライドがそうさせたんだと思う。寛容で鷹揚《おうよう》なところをまわりにアピールしたかったんじゃないかな。ここでいきり立ったら、ますます惨めになるからね。

アキはJGを責めなかったし（少なくとも人前では）、この件でふたりが別れることもなかった。これは賞賛に値する忍耐力だと思う。

ということで、かなり雲行きは怪しかったんだけど、さりとて嵐が来るわけでもなく、二年生の秋と冬はこれといった波乱もないままに過ぎていった。

南川モモは、なんていうか想定通りの女の子だった。期待を裏切らない。向こうのリアリティーショーにでも出て来そうな、ぼくらがよく知ってる「セレブリティーガール」だった。

気前はよかった。駅前通りの突きあたりに「マナー・ハウス」ってカフェレストランがあって、そこが連中の溜まり場になっていたんだけど、払いはいつだって彼女持ちだった。彼女は月に十万ぐらいの小遣いをもらってるんだとも言われていた。

この店にゲストとして招かれることが、ヒエラルキーに敏感な生徒たちにとっての、いわば信仰的な救済のようなものになった。まるで、あのゴシック然とした装飾過剰なカフェが、どこぞの大聖堂かなんかみたいな感じでさ。かなりの人数がこの光栄に浴したんじゃないかと思う。

彼女自身はけっして声を掛けない。取り巻きの誰かが、そっと肩を叩いてこう言うんだ。

「ねえ、明日の放課後、時間取れない？」

あなたは選ばれたのよ、ってことだ。

みんな舞い上がってた。女子だけじゃなく、男子もけっこう招かれていた。どさっとまとめて五人ぐらいが呼ばれることもあった。

派手な生徒がまず招かれ、次いで勉強ができたりスポーツが得意だったりする連中が呼ばれた。工場関係者はみんな呼ばれたんじゃないかな。

ぼくはもちろん招かれなかった。派手じゃないし、英語以外の教科はどれも鳴かず飛ばずだったし、スポーツはまるっきり駄目だしね。そして（直接的な意味での）工場関係者でもないし。

断った生徒もいた。そういうことに価値を見出《みいだ》さないばかりか、むしろ軽蔑さえしているような非階級社会的生徒たち。ぼくも、ある程度はこちら側に属していたと思う。だから、もし招かれても断ったはずだ。

「あいつら、なにがそんなに嬉《うれ》しいんだよ？」と彼らは言った。

「そのうち、マウンティングでもし出すんじゃないのか？」

一方、招かれた生徒たちは、頬を上気させながら「領主の邸宅」で起きたことを級友たちに自慢げに語った。

「ケーキバイキングになっててさ、なに食べてもいいって言うのよ。飲み物も飲み放題。おまけにベネチアングラスのチョーカーまでもらっちゃった。本物の輸入品よ。一度だけ使ったけど、ぜんぜん傷なんかついてないから、いいよね？　って彼女言ってた。すごくフレンドリーなの。気取ってないし、偉ぶってもいないのよ」

このへんのやり口はJGと一緒だ。あるいは催眠商法的とでもいうか。プレゼントで釣っておいて、あとで高い代価を払わせる。そう、魂ってやつを、ちゃっかり奪い取っちゃうんだ。

まあ、そこそこはうまく行ってたと思う。生徒たちはよそ者である彼女を受け入れたし、少なくとも攻撃しようなんて気はまったく起こさなかったしね。

ただ、彼らのほうもけっこうしたたかで、陰じゃ彼女のことを好き放題言いまくってた。

南川モモは整形している（これがまず、真っ先に流れた噂だった。ありそうなことだ。いや、整形がってことじゃなく、こういう妬みっぽい噂ってやつがさ）。彼女が持っている服やアクセサリーは、どれもがすべて万引きしたモノだ。彼女はどうしようもない問題児で、前の学校にいられなくなって、こっちに越してきた——。

その問題ってやつがまたすごくて、万引き説以外にも、ドラッグ説、教師との「ロリータ的スキャンダル」説、不純異性交遊説、不純同性交遊説、等々なかなか派手なものだった。

まことしやかに囁《ささや》かれていたのは、彼女はニンフォマニアで年上の男たちを取っかえひっかえ付き合ってるってやつで、それには目撃者もかなりいた。

いわく、大学生ぐらいのロッカー風の男と腕を組んで歩いてた。いや、オレは美大生みたいな髪の長い男と丘の上の公園でじゃれ合ってるのを見たぜ。わたしが見たのは暗い目をしたハンサムな男のひとだった。ちょっとカート・コバーンっぽいの。すごく似合ってた。

どれもが本当だとしたら、たしかにたいしたものだ。デートのスケジュール調整に専属のマネージャーが必要かも。

でも、どうしてゴシップってみんなこんなななんだろう？　紋切り型というか、慣用句的っていうか。ハリウッドのゴシップ記事もみんなこんな感じだ。お定まりの展開と結末。

セレブリティーたちは、みんなドラッグをやってて、複雑なラブアフェアにせっせといそしんで（相関図で曼荼羅《まんだら》が描けそうだ）、軽度な法律違反を犯して罰金を支払うか、さもなきゃひと月分の奉仕活動にしぶしぶ従事したりするんだ。

これって、ゴシップの送り手側に決定的な想像力の欠如があって、そのせいでハイセンスでオリジナリティーのある情報が発信されないのか、そもそも受手側がそんなものを望んでないのか、あるいは、たんに有名人が紋切り型で慣用句的なだけなのか。

まあ、どうでもいいことなんだけど、それでもやっぱり考えてしまう。

ひとはなぜ、誰かの恋愛事情や不品行に興味津々なのか？　ときにはそれがまるで公開処刑みたいになるときもある。たぶん、それって本能に根ざした集団内の監視システムみたいなもんなんだろうけど、いまじゃすっかりそれも粘着質で根暗な憂さ晴らしになってる。

ちょっとやるせない。

# 4

まあ、とにかく、そんな感じで第二学年が終わって、三年生の春が来た。

同じクラスになっても、彼女の印象はそんなに変わらなかった。というか、ぼくが抱いていたのは、あのグループ全体の印象であって、不思議なほど彼女自身の個性はその中に埋もれてしまっていた。

クラス内にもすぐに彼女の取り巻きが出来た。その中には工場幹部の子女もいたし、マナー・ハウスに招かれた一般の生徒たちもいた。

窓際のうしろが彼女の席だった。取り巻きたちはいつもそこに集まって、仲間内の恋愛事情や夏休みの旅行プラン、ファッションやコスメティック、さらには母親たちが使っている脱毛クリームやワックスの話なんかで盛り上がっていた。

品物が学校に持ち込まれることもよくあった。だいたいは先生の目に付きそうもない小物類で、高級ブランドのリップクリームとか、ティーンエイジャーに人気のシルバーリングとかそんなもの。彼女が学校に持ち込んだアクセサリーをみんなで品評し合ったり、それをプレゼントされて喜んだり。あるいは、それを見て妬んだり、さらにはその姿を見てほくそ笑んだり（加えてさらに、それを見ていたぼくがいるわけで、こういうのってちょっと笑える）。

当然のように彼女も勉強ができた。不思議だけど、彼らはみんなそういうふうに出来ている。たいした努力もしないで最高得点を叩き出す。徹夜で遊び回ろうが、二日酔いだろうが、教師から指されれば、すくっと立ち上がって模範解答を口にしてみせる。

それに彼女は運動も得意だった。中でも長身を生かしたバスケットボールとハイジャンプは完全にレベルを超えてて、顧問の先生から何度もしつこく勧誘を受けていた。どれもこれもが想定通り。彼女はそれをけっして外さない。クィーンに相応《ふさわ》しい万能ぶりだった。

彼女のところには、あのJGもよく来ていた。クラスは違ったんだけど、昼休みによく相棒のR2を引き連れて女王に謁見しにやってきた。R2というのは、もちろんあの共和国のドロイドからの借用で、体型がよく似ていたからぼくが勝手にそう名付けた。彼にいたってはイニシャルですらない。ぼくにとってはそのぐらいの存在でしかなかったってことだ。

うちの学校は基本的に弁当で、それが用意できない生徒のために、いくつかの業者が昼食のデリバリーをしていた。JGやR2がその順番待ちの列に割り込むのは毎度のことだったし、彼ら自身それを当然のことのように思っていた。なんたって特権階級なんだから。生まれながらの既得権益には、こんな細かな条項もきちんと織り込まれてる。

そこで買ったレアなキッシュだとかシフォンケーキなんかを彼女に献上しようとするんだけど、もちろんいつだってあっさり断られてた。頭悪いよね。少しは学習すればいいのに。

もし受け取っていたら、ぼくの中での彼女の印象は修復不能なまでに悪いものになっていただろう。ぼくは不正が大嫌いなんだ。

でも、それは彼女も同じみたいだった。つまりJGはその鈍さゆえに、せっせと彼女に嫌われるようなことを繰り返してたってわけだ。

ぼくが彼にこれほどまでに辛辣なのには理由がある。もちろん、あいつの度を超えた傲慢さが問題なわけだけど、ある事件がその印象を決定的なものにした。

これは、やっぱり書いておかなくちゃならない。この本にとって重要な人物が絡んでくるし、その後の展開にも少なからぬ影響を与えただろうからね。

## 5

あれは、新年度が始まって三週間目ぐらいの朝のことだ。ぼくはその場にいなかったから、すべてはあとから聞いたことだけど、とりあえずは見てきたように書く。

学区の境界近くに住んでいたひとりの女子が、この日朝早く登校してきた。彼女は乗っていた自転車から降りると、しばらく迷ったあと、それを新校舎の向かいにある駐輪場に止めた――ああ、そうだ。まずはこの女の子のことも書いとかなくちゃいけない（段取りが悪くてゴメン）。彼女はちょっと特殊なんだ。

名前は菊池サユリ。この春からの転入生で、しかもよその国から来た子だった。彼女は日系の三世だか四世だかだった。ちょっとその国のひとの血も入ってて、だから見た目も少うしだけ、ぼくらとは違っていた。すごく可愛《かわい》い子だった。ぼくの基準ではね。

言葉がまだうまくしゃべれなくて、そのためにクラスでは孤立していた。ただでさえ転入生はクラスに溶け込むのに苦労するものなのに（ぼく自身、一年の途中からの転入生で、いまだに学校には馴染《なじ》めずにいた）、彼女はそのうえ外見の違いやコミュニケーションの問題まで抱えていたから、これはかなり大きなハンディだった。

母親が縫製工場で働くことになって、彼女はそれに付いて来たんだ。やがてはこんなケースもどんどん増えていくんだけど、このときはまだ前例がなくて、だから、いろんな面で彼女は苦労してた。

家計は苦しかった。なけなしの貯金をはたいて出稼ぎにきたんだから、余裕なんてあるはずない。母親は娘に自転車を買ってあげることができなかった。そのために彼女は初めの頃、一時間近く掛けて学校に登校していた。

だから、彼女にとってはこの朝が初めての自転車登校だった。見かねた近所のひとが、使ってなかったお古の自転車をゆずってくれたんだ。

彼女は学校までの所要時間を読み違えて、相当早くに着いてしまった。これが不運1。そして、彼女は転入生ゆえに駐輪場における我が校のルールを知らなかった。これが不運2。さらに、この日は朝からかなり強い南風が吹いてて、それは校長のレトロなカツラを吹き飛ばすほどだった。これが不運3。さらに細かいことを言えば、譲ってもらったお古の自転車はほとんど整備がされていなくて、スタンド部分に問題を抱えていた。

もう、だいたい分かると思う。

放課後授業が終わって駐輪場に行くと、そこに彼女の自転車はなかった。あたりを見回すと、駐輪場脇に生えてる赤松の高い枝に一台の自転車が吊《つる》されているのが目に入った。前後ふたつのタイヤには穴があけられ、スポークの一部もひん曲がっていた。

それが彼女の自転車だった。

ショックのあまり彼女は泣き出してしまった。当然だ。これはひどい。

枝が高くて下ろすこともできず、彼女が泣きながら途方に暮れていると、そこを通りかかった加山飛男《かやまとびお》っていう学年一の不良が足を止めた。他の生徒たちはみな見て見ぬふりをしながら通り過ぎていった。誰の仕業かわかっていたんだ（さわらぬ神に祟《たた》りなし）。

飛男は彼女と同じクラスだった（よって、ぼくと南川モモとも一緒）。

彼は泣いている菊池サユリを見て、それから赤松の枝に吊されている自転車を見上げた。

「お前のか？」

彼女が黙って頷《うなず》くと、彼は駐輪場に止めてあった誰かの自転車を赤松の根元まで引っ張ってきて幹に立て掛けた。荷台に上って彼女の自転車に手を掛ける。

「だいじょぶですか？　きをつけて」と彼女が言った。

「軽いもんだよ」

彼は赤松の枝から自転車を外すと、ゆっくりと地面に降ろした。

「ありがとございます」と彼女が拙《つたな》い口ぶりで礼を言った。

「いや……」と彼は言った。クールなように聞こえるけど、実を言えば照れてたんだ。

あとから本人に聞いたんだから間違いない。

「それにしてもひどいな。これじゃあ乗って帰れない」

「そうですね……」

そこへやってきたのがＪＧとＲ２の二人組。

「なにでしゃばった真似してんだよ」とＪＧは飛男に言った。

「まだ、この自転車の刑期は終わってないぜ」

「刑期？」と飛男は言った。

「なんの罪だよ」

「違法駐車と器物損壊ってとこかな」

「なんだそれ？」

こいつが、と言ってＪＧは菊池サユリを指差した。

「おれたち専用のスペースに小汚い自転車置いたせいで、おれの愛車に傷が付いた」

なるほど、そういうことか、と飛男は思った。

専用スペースとは校舎の入り口に一番近いエリアのことで、そこは特権グループが占有していた。もちろん彼らが勝手に決めたルールだ。でも、これに逆らう生徒はいない。

実は、彼らの親たちも同じことをやっていた。駅前の駐車禁止スペースにいつも高級外車が駐《と》められていて、それが工場役員たちの車だってことは誰もが知っていた。けれど、どういうカラクリなのか、彼らが罰金を支払ったことはただの一度もなかった。なんのことはない、やつらは親の真似をしていただけなんだ。

ＪＧはイタリア製のロードバイクに乗っていた。コルナゴのモノコックカーボンフレーム。ウン十万て値段がする高級品だ。こんなもんで通学してくるのもいい加減おかしいし、しかもやつの家は学校からそんなに離れてなくて、自転車通学のエリアでもなかった。

ルール無視っていうのがＪＧみたいな人間のデフォルトで、だから大人になっても平気で脱税したり、偽物や欠陥品をひとに売りつけたりする。

あとから知ったことだけど、前の日にＪＧは自分のロードバイクを置きっ放しにして帰ってしまったらしい（ウン十万円の品物をひと晩置きっ放しにしておけるやつの神経って、やっぱり相当にズレてる）。

早朝に登校してきた菊池サユリは、なにも知らずに自分の自転車を彼のロードバイクの隣に止めた。そして、風が吹き、スタンドがぐらつき、お古の自転車が高級バイクにもたれ掛かり、ＪＧが腹を立てた、と、つまりはそういうことだ。

「ケチなやつだな」と飛男は言った。

「だいたいが、お前の自転車、もうとっくに傷だらけじゃんかよ。お前の下手《へた》っくそな運転のせいでよ」

おいおい、とＪＧは愉快そうに言った。

「誰にそんな口きいてるんだよ？　わかってんのか？」

「わかってるさ」と飛男は言った。

「おれが話してる相手が、ボスザル気取りのケチ野郎だってことぐらいはな」

　ＪＧの顔が一気に赤くなった。

「なるほどな」と彼は言った。

「どうやらお前、おれに潰されたいらしいな」

「できるもんか」

「まあいいさ」とＪＧは言った。

「たしか、お前のおやじ、うちの工場の工員だったよな」

「それがなんだよ」

「なんだろうな？　おれにもわからないよ。まあ、そのうちなにかが起きるんじゃないのか？　楽しみに待ってりゃいいさ」

　彼は勝ち誇ったような笑みを浮かべるとR2を引き連れてその場から去っていった。見事な悪役ぶりだった。まったく外さない。

　そのあとで、飛男はパンクした自転車を引いて彼女の家まで運んであげた。そして次の日の放課後もまた彼女の家まで出向いて、持参したキットで穴のあいたタイヤを修理した。

飛男は不良だけどいいやつだ。不良とワルは違う。不良でワルなやつもいるけど、彼はそっちのほうじゃない。

勉強はまったくできないし、する気もない。口は悪いし、すぐケンカはするしで(専守防衛なんだと彼は言ってたけど)、親しい友達もいない。いわゆる一匹狼《おおかみ》のノラ犬タイプ。オオカミでノラ犬っていうのもなんか変だけど。

街で大人の不良にケンカをふっかけられて、逆に相手をのしちゃったこともある。ひょろひょろに痩せてるから、相手も油断したんだろう。でも飛男はクモザルみたいにすばしっこい。相手のパンチなんかかすりもしない。

まあ、どこから見ても立派な不良なんだけど、情が厚くてたいていの生徒なんかよりも人間味のあるやつだと、ぼくは思っていた。

クラスの外れ者同士、たまにぼくらは言葉を交わし合った。

彼は勉強ができないくせに、かなりの物知りで、とくに70年代初頭のプログレッシブ・ロックにやたらと詳しかった。「洋楽かぶれの叔父《おじ》さんの影響だよ」って言ってた。

キング・クリムゾンの「ポセイドンのめざめ」をさりげなく口ずさんだりする。

「この題名は誤訳なのさ」とも言っていた。頭が悪いんだか賢いんだか、まったく摑《つか》みどころのない不思議なやつだった。

この一件のあとで、彼はおそらくＪＧに雇われたと思われる高校生のグループから袋叩きに遭うんだけど、例のすばしっこさで最小限のダメージに抑えたみたいだった。

おやじさんがどうなったのかは訊かなかった。もしかしたらＪＧのはったりだったのかもしれない。

まあ、とにかく、これが四月の終わりに起きた事件の顚末《てんまつ》だ。あのときからなにかが変わった。

ＪＧはただの象徴に過ぎない。ひとはあんなふうに振る舞ってはいけないんだ。子供だろうが、大人だろうがね。

やつはそれに気付かせてくれた。そういうことなんだろうと思う。

## 6

あの事件からひと月ほど過ぎたある日曜の夕方、ぼくは母さんと一緒に街のスーパーで買い物をしていた。

ちなみに、ぼくは母親と一緒にいるところを級友たちに見られても、まったく気にしないタイプだった。母子家庭で、かつ一人っ子だったから、他の十五歳男子とくらべてかなりズレていたんだと思う。ぼくはすでに、いっぱしのパートナー気取りだった。

父さんはぼくが中学に上がってすぐに蒸発した（そのちょっと前に両親は離婚していた）。お定まりの借金問題。友人たちと経営していた映像製作会社が受注先の不払いで倒産したもんだから、その負債をひとりで被《かぶ》った。

蒸発といっても、それは借金取りの目から見たら、ってことであって、どうやら母さんは父さんの居所を知っているらしかった。

話を戻すと、そのスーパーでぼくは菊池サユリが母親と一緒に買い物しているところを目撃した。そんなに親しい間柄ではなかったから（というか、一度も口をきいたことはなかった）、声は掛けずに、ただ遠目にそっと見るだけにしておいた。

あの一件以来、彼女のクラスにおける状況はさらに悪いものになっていた。たんなる無視からバッシングへ。露骨に振る舞うやつはいなかったけど、つねにどこかトゲがあるんだ。わかるよね、あの感じ。

なので、彼女は暗い顔をしていた。彼女によく似た彼女のお母さんも、やっぱり同じように暗い顔をしていた。

大変なんだろうな、とぼくは思った。なにかしてあげられたら、とさえ思った。勉強を教えてあげるとか、家の手伝いを手伝ってあげるとか。

彼女たちは、吟味に吟味を重ねたあげく、タイムセールで半額になったアジフライのパックをひとつだけカゴに入れて、そのままレジへと消えていった。

ふたりの背を追うぼくの視線に気付いた母さんが言った。

「トキオの同級生じゃなかった？」

「そうだよ。菊池さん。彼女いま、クラスでちょっときつい目に遭ってるんだ」

ええ、と母さんは頷いた。

「そういうこともあるでしょうね。転入生だし、よその国から来たわけだし」

「うん。そういうこと」

「優しくしてあげなくちゃだめよ。つらい目に遭ってるひとには、ちゃんと手をさしのべてあげなくちゃ」

「うん、わかってる……」

わかってるけど、それが難しい。

「お母さんも大変でしょうね」

「そうなの？」

「あの工場だもの」

「うん……」

「うちのお客さんたちも、みんな不満を口にするわ」

「そうなんだ」

「安い賃金で、ものすごくいっぱい働かされるのよ。あまりに疲れてご飯も喉を通らない、って嘆いてる」

「そんなに働くの？」

「そうよ。環境は劣悪だし、おまけに上司は横暴だし」

「でも、会社はすごく儲《もう》かってるらしいよ」

「ひどい話よね。ひとの不幸の上になりたつ繁栄なんて。それに、なにやらよからぬ噂もあるみたいだし」

「そうなの？」

「ええ。でも、いまの時代は、どこもみんなそうなんでしょう？　お金のためなら、なんだってするのよ」

「ひどいやつらだ」

「そう。でも、自分たちは少しもそう思ってないの。そういうひとたちが世界を悪くしていくのよ。貧困とか戦争とかね。ほんの一握りの欲を張ったひとたちが、残り全部の善良なひとたちの幸せを掠《かす》めて取っていくの」

「うん……」

つまりは、こういうことだ。吸血鬼みたいな一族がいて、そいつらは血を吸う代わりに、ぼくらの悦《よろこ》びや安らぎをむさぼり吸う。吸われた人間は幸福の貧血状態においって、すっかり落ち込んでしまうんだ。

吸血鬼たちは貪欲だから、やつらの欲望を満たすには、ひとりあたり千人、一万人って数の人間が必要になる。だから、この星には不幸が絶えないし（菊池母子《おやこ》もそうだ）、飢餓や戦争もなくならない。

なんともひどい話だ。

7

そうだ、彼女のことも書いておかないとね。南川モモ。

彼女がこの事件に関して、なにか声明らしきものを口にしたことは一度もなかった。

ＪＧとの関係もそれまで通り。つれなくはするけど、完全な拒絶ってわけでもなく、いつもの光景がいつものごとく繰り返されるだけ。

あのグループにしてみれば、ぼくらの怒りや悲しみなんて、気に留めるほどの価値もないってことなんだろう（いや、わかってる。たしかにそれは言い過ぎだ。でも、あのときはほんとにそう思ったんだ）。

この学校にはふたつの階級が存在していた（世界のすべてがそうであるように）。彼女はあっちのグループ、ぼくはこっちのグループにいて、そのあいだにはグランドキャニオン級の深い溝が広がってる。それを越えることはとてつもなく難しい。

それは男と女、軍人と避難民、王子とこじきとのあいだにもあって、だからこの星はこんなにも誤解と混乱に満ちている。

もし、彼らにもっと共感する力や思い遣《や》る心があれば、どれだけ自分がひどいことをしてきたのかってことに気付くんじゃないのかな？　こりゃ、いくらなんでもやり過ぎた、って反省するんだ。

そうすれば、みんなもっと幸せになれるのに。

# 8

あれは、六月の半ばぐらいだったと思う。一度だけ学校の外で彼女の姿を見たことがあった。場所は庁舎裏の図書館にある閲覧コーナー。そこで彼女は熱心になにかを読んでいた。いつもの取り巻き連中がいないと、彼女はなんだかすごく孤独に見えた。ぼくの知らない別の女の子みたいにね。

彼女は黒いカットソーに黒いジーンズ姿で、これもすごく意外だった。もっときらびやかな格好をしてると思ったんだ。彼女はなんだか、目立つ自分の姿をできるだけ隠そうとしているみたいだった。

みつからないようにそっと観察していると、やがて彼女は本を閉じて立ち上がった。なにかを探すように辺りを見回し（急いでぼくは棚の陰に隠れた）、それからゆっくりとした足取りで文庫本のコーナーに向かった。ぼくもすぐにあとを追う。

彼女は読んでいた本を棚に戻すと、もう一度あたりを見回した（今度はきわどかった。手頃な棚がなかったんで慌ててしゃがみ込む。危うく目の前の机に鼻をぶつけそうになった）。彼女はそのままカウンターの前を抜けてドアの外へと消えていった。

そのあとで、ぼくは彼女が本を戻した棚に行ってみた。なんとなく色を憶《おぼ》えていたし、その本だけが少し差し込みが浅かったから、きっとこれだろう、と見当が付いた。

本の題名は『怒りの葡萄《ぶどう》』。なんか聞いたことがあるような気はしたけど、どんな本なのかは知らなかった。これもまた意外な一面だった。彼女は小説を読む女の子なんだ。しかも、こんな難しそうな外国文学を！

ぼくは彼女をもっと違うタイプの女の子のように思っていた。なんていうか、ファッション雑誌しかめくらないような、いかにもって感じの、そんなタイプ。でもどうやら、ぼくは間違っていたらしい。

ここにもまた深くて広い溝がある（無理解や誤解はけっして一方通行ではない）。ぼくらのあいだに広がるグランドキャニオン。相手の気持ちを推し量るには、あまりに遠すぎる。なら、どうすればいい？

## 9

さあ、これでだいたい理解してもらえたと思う。ぼくらのささやかなる前史、それなりに入り組んだ相関図、そして、ぼくが抱いていたモモの印象ってやつを。

なので、ここでまた時間をスキップしようと思う。ぼくらはいっきにあの日の翌々日に飛ぶ。ここからが、いよいよ本編の始まりと思ってもらえばいい。


まずはロングインタビューから始まった。

生きているひとの伝記を書くなら、作家はきっとそうするだろう。モモも、もちろんそれが当然の手順よね、と言った。

場所はモモの自宅。それも彼女の提案だった。

「あんまり人目に付きたくないでしょ？　町はクラスの連中がうようよしてるし、あいつらゴシップをむさぼるゾンビみたいだから。ジロなんか慣れてないから、あっというまに餌食にされちゃうわよ」

彼女の言う通りだった。モモと違ってぼくは見事なまでに噂とは無縁の人間だった。そしてこれからも、できるかぎりそうありたいと願っていた。

目立つのは危険だと感じていたし、不特定多数の女子からモテたいという、一般男子にありがちな願望もぼくにはなかった。好きなひとから好きになってもらえれば、それでいい。不特定女子たちの色めきたった打ち明け話の中にぼくの名前が出てこなくたって、ぜんぜんかまわない。

ひとりだけ、ちょっといいな、と密《ひそ》かに思っている女の子はいたけど、これは「彼女の物語」であって「ぼくの物語」ではないから、いまのところそれに触れるつもりはない。

色も匂いもない希ガスみたいな存在になること。それがぼくの望みだった。なので、モモと一緒にいるところを学校の連中に目撃されるという、非希ガス的な事態はできるだけ避けたかった。それに、例の女の子の耳に入ったら、ぼくのささやかな夢がさらに痩せ細ってしまう。

ベルサイユでの商談の翌々日、ぼくはモモから教えられた住所に自転車で向かった。

彼女はけっこう忙しくて、自由にできる時間はかなり限られていた。受験のための夏期セミナー（当然、彼女が受けるのは名門私立高校）や英会話の個人教授、友人たちとの社交、父親との会食（リッチなフレンチレストラン。「一種のワーキングランチみたいなものよ」と彼女は言った。超多忙な会社重役である父との面会なんだそうだ）。

この日とれた時間は午後の二時から四時まで。そこなら家に誰もいないし、ということだった。

母親は母親で地方都市におけるセレブリティーたちとの優雅な社交があるらしい。

住所を聞いてすぐにピンときた。きっとあそこだ。町の外れにある小さな別荘地。と言っても、とくに目を引くような景色があるわけじゃなく、池をひとまわり大きくしたような湖とコナラだかクヌギだかの雑木林がただ広がってるだけなんだけど。むかし、そこに少しばかり名の売れた画家がアトリエを建てたら、なんだかその地がスノッブな文化人たちの聖地みたいになっちゃって、それ以来らしい、あの湖畔が別荘地と呼ばれるようになったのは。

彼女の家は、まさにその「少しばかり名の売れた画家」の居宅兼アトリエだった。和洋折衷の平屋造り。前面はテラスになっていて鋳鉄製のしゃれたベンチが置かれてあった。

ぼくは砂利敷きの車寄せに自転車を駐めると、テラスの階段を上った。

もう、わかっていると思うけど、ぼくが女の子の家を訪ねるのは、もちろんこれが初めてだった。

わけもなく胸がドキドキした。これって、いったいなんなんだ？　とぼくは思った。不安？　たんなる緊張？　それとも期待？

大きなライオンの顔をしたノッカーがあったので、それを鳴らしてみた。

返事はなし。しばらく待ってから、もう一度鳴らしてみる。でもやっぱり反応なし。なんだよ、ひとを呼び出しておいて、とぼくは思った。約束忘れちゃったのかな？

ぼくは所在なく辺りを見回してみた。

芝で覆われた前庭のすぐ先が湖畔になっていて、そこには例によって例のごとく桟橋がしつらえてあった。小さな木製のボートが杭《くい》に舫《もや》われている。

まるで映画みたいだ、とぼくは思った。向こうの映画にはこんな景色がいっぱい出てくる。ぼくが母さんと二人で暮らしているアパートの眺めとは大違いだ。

「なにしてるの？」と訊かれ、振り向いたらモモが窓からぼくを見ていた。

「呼んだのに返事がないからさ」

「呼んだ？　チャイム鳴らしたの？」

「チャイム？」

見ると、ドアのすぐ脇にドアホンのボタンがあった。

「こっちのライオンの口で呼んだんだ」

なにそれ？　と彼女は言った。

「いつの時代のひとよ？　そんなの飾りに決まってるじゃん」

10

モモはヘッドホンで音楽を聴いてたんだと言った。

どうりで返事がないはずだ。あんなレトロなノッカーのレトロな響きなんて届くはずもない。もはやこういうのって、アンプが発明される以前の遺物的サウンドでしかないってことなんだろう。

ヘッドホンを貸してくれたので聴いてみるとラモーンズの「Sheena is a Punk Rocker」だった。

「知ってるよこの曲」とぼくは言った。

「ラモーンズだよね」

「なんで知ってるの？」

彼女が驚いたような声で言った。

「ジロってほんとにいつの時代のひとよ?」

「『ペット・セメタリー』ってホラー映画の中で使われたんだ。原作者のキングがラモーンズのファンでさ」

「ああ、そういうことか」とモモは言った。

「なるほどね。一瞬ジロってタイムトラベラーなのかって思っちゃった」

「だったらいいのにね。憧れるよ。そういうのって」

「それもまた、なにかの映画?」

かもね、とぼくは言った。

「これもお兄さんから?」

「そうよ。アニキのコレクション。いいでしょ?」

「うん。元気があっていいよね」

そっちのソファーに座ってよ、と彼女が言うので、ぼくはいかにも値の張りそうな黒い革張りのソファーにそっと腰を下ろした。

「なにか飲む? コーラかジンジャーエール、それにママ特製のフレッシュジュースもあるよ。お肌が十歳若返るってやつ」

「あ、じゃそれもらう」とぼくは言った。

「さいきん、歳のせいか肌がくすんじゃってさ」

モモはニヤリと笑うと、ぼくに背を向け奥のキッチンに向かった。

彼女がキッチンでごそごそやっているあいだに、ぼくはじっくり部屋の中を眺めてみた。ここがきっとリビングってやつなんだろう。

とにかく広い。ひと続きになってるキッチンと合わせて三十畳ぐらいはあるかもしれない。壁はまだらに変色した漆喰《しっくい》で、床は石のタイル敷き。傾斜した天井はぶっとい梁《はり》がむき出しになっていて、それを丸太みたいな柱が支えている。

ソファーの前にはどっしりとしたアンティークのコーヒーテーブルが置かれてあって、上にはなぜか拳ぐらいの大きさの石が五、六個無造作に転がっていた。

壁際のキャビネットもアンティークだ。きっと高いんだろうな、とぼくは思った。こういうのって中古品のくせに、びっくりするような値が付くんだから。

正面の壁には石造りの暖炉があった。ほんとの薪を燃やすほんとの暖炉。

「エンドレス・ラブ」みたいだ、とぼくは思った。「エンドレス・ラブ」は、ブルック・シールズがぼくと同じ十五歳のときに主演した映画で、実はトム・クルーズもちょこっとだけ顔を出している。評価はさんざんだったけど。

「なに顔赤くしてるの？」とモモが訊いた。はい、と言ってぼくにジュースを手渡す。

「赤い？」

「そう、暖炉見てニヤニヤ。そういうフェチ?」

「違うよ」とぼくは言った。

「ある映画の中でブルック・シールズがね、暖炉の前で年上の恋人と……」

「うん」

「いや……」

「なによ? 年上の恋人と?」

「セ」

「セ?」

なんでもない、とぼくは言った。ほっぺたがすごく熱い。

はは-ん、とモモが嬉しそうに言った。

「わかっちゃった。セの付くやつね?」

「いいよ、もうこの話は」

「ジロってウブなんだね」

「十五歳なんて、そんなもんだろ?」

さあね、と言って彼女はにやりと笑った。

ぼくは気付いてしまった。モモはブルック・シールズにちょっと似ている。しっかりとした黒い眉とか、うねりのあるたっぷりの髪とか。そう、それにあのアラブの猫みたいな大きな目も。そういえば、ブルックの父親も化粧品メーカーの重役だったっけ。

そんなハリウッド的美少女に本物の暖炉だなんて、あまりに似合いすぎてる。おまけに噂じゃ、年上の男と付き合ってるってことだし、となれば、彼女はもう当然——。

「なによ?」とモモが言った。

「わたしの顔になにか付いてる?」

ぼくは激しくかぶりを振ると、急いで彼女から目を逸らした。

でも、脳裏に焼き付いたモモの顔がブルックと重なって、頭の中で勝手にあの場面を演じ始める。炎に照らされた彼女の髪にそっと男の手が伸びてゆき……。

「いい家だね」

とりあえず、そう口にしてみた。なにか他のことに気を向けないと。

「そこそこ名の売れた画家の別荘だったんだって」と彼女が言った。

「うん、知ってる」

「この町に来るとき、いくつか物件見せられたんだけど、ママが一目で気に入っちゃったのよ。どうせ、またいずれはよそに移るんだから、ここにいるときぐらいはママの好きにさせてあげようって、パパが言って、それで買うことにしたの」

「また引っ越すんだ?」

「多分ね」とモモは言った。「重役なんてたいそうな名前が付いてるけど、しょせんは、しがない中間管理職みたいなもんだから」

## 11

インタビューは、このリビングですることにした。

「そのうち、わたしの部屋も見せてあげる。それもきっと取材のうちだと思うし。離れになったアトリエがわたしの部屋なの」

かなり興味をそそられたけど、いまはまだ早いってことらしい。

モモにはモモなりの手順っていうのがあって、そこにはどことなくボーイ・ミーツ・ガール的な奥ゆかしさが感じられた。急がないで。ゆっくり知り合いましょう。ね？　みたいな。

ぼくは持ってきたデイパックの中から新品の大学ノートとボールペンを取り出して、コーヒーテーブルの上に並べた。

「なんか、それっぽいね」

「うん。なんたって、インタビューだからね」

「そっか」

えへん、と咳《せき》払いをしてから、ぼくは向かいのチェアー（イームズラウンジチェアーっていうらしい。オットマンていうのが揃《そろ》いで付いてて、彼女はそこに足を載っけていた）に座る彼女に訊ねた。

「じゃあ、まずは生まれたときのことから」

「やっぱり、そこからだよね」

「うん」

まるでハリウッド映画でよく見る精神科医のカウンセリングみたいだ。なんか、格好いい。

彼女はごそごそっとお尻をずらして、少しだけ居住まいを正した。今日の彼女は肩《かた》紐《ひも》を結んで留めるタイプの黒っぽいワンピース姿で、ちょっとだけ膝の辺りが露《あら》わになった。ちょっとだけぼくの胸の辺りが熱くなる。

「誕生日は5月5日っていうのは、もう言ったよね？」

「そう。端午の節句のおひな様」

ふふん、と彼女が笑った。

「パパはアパレルメーカーの営業だったの。その頃はね。ママは女優。ミュージカルの舞台衣装をパパの会社が提供することになって、そこでふたりは出会ったの」

うわ、とぼくは思った。母親が女優なとこまでブルックと一緒じゃん。やっぱり、並の血筋じゃあこのゴージャス感は出ないよな。

「生まれたのはニューヨーク。ちょうど会社が大きくなり始めて、どんどん海外にも進出して行った時期でさ。ニューヨークだけじゃなく、他の街とか国とかもけっこう行ったよ」

「じゃあ、帰国子女？」

「なんだけど、六歳の頃にはもう戻ってたから言葉はたいして覚えてないんだ」

「転校は続いたの？」

「まあね。支店や工場がばんばんつくられるから、そのたびに。パパは新しいプロジェクトを統括するマネージャーみたいなことやってたから」

ふうん、とぼくは言った。

「ところでさ」

「うん」

「そういう、よそからの転入生って、仲間外れにされたりはしなかった？」

あら、と彼女が言った。

「いい質問ね」

「ぼくがそうだったからね」

「うん、聞いたことがある」

「うそっ」

「なに、驚いてるのよ」

「いや、ぼくはほら、噂とはまったく縁のない人間だと思ってたから」

バカねえ、と彼女がおかしそうに笑った。

「そんなこと、あるはずないじゃない。噂から逃れられる生徒なんて、ひとりもいやしないわよ。ましてや、ジロなんてはるか遠い街から来た転入生なんだからさ、みんな興味津々だって。それに、ほら、ジロってどこか謎っぽいところあるし」

「謎っぽい？　ぼくが？」

「誰ともつるまないし、自分のことあんまりしゃべろうともしない。たまに話してると思ったら、相手はあの飛男だし。女子たちなんか、みんな気になってそわそわしてるわよ」

あ、とぼくは思った。やっぱりそうなんだ。

「思うんだけどさ」

「うん」

「飛男ってすごくいい男だよね。ちょっとリバー・フェニックスに似てるんだ。知ってる？」

「うん、知ってるよ。『スタンド・バイ・ミー』ね」

「そうそう。あいつ勉強できないし、不良だからあんなだけど、もっとシャキッとしたら、きっと女子たちが放っておかないと思うんだ」

「ジロもね」

うん？　いま、なんて言った。

「『マイ・プライベート・アイダホ』は観た？」

「観たけど？」

「ふたりを見てると、あれを思い出すのよ」

「あの、男娼《だんしょう》してた？」

「そう、あの男娼してたふたり。ジロはあのスコットにちょっと似ている」

「スコットって、キアヌがやっていた、あのスコット？」

「うん、きっと、そのスコットだと思う」

念のため言っておくけど、これはぼくの創作じゃないからね。ほんとに彼女そう言ったんだ。

すごいよね、ぼくがスコットだって？　ぼくと飛男がふたりでいると、彼女にはあの「マイ・プライベート・アイダホ」のスコットとマイクに見えてしまうらしい。キアヌのスコット。似てるところなんて、肌の色が白いのと富士額なとこぐらいしかないのに。

こんなふうに、誰かから持ち上げられることに慣れてなかったぼくは、すっかり調子が狂ってしまった。いつのまにか、インタビューする側とされる側が入れ替わって、ぼくは自分がなぜこの町に来たのか、その理由を彼女にすっかり打ち明けてしまっていた。

「じゃあ、そのお母さんの友達ってひとが、ふたりをこの町に呼んだんだ？」

「うん。ここなら借金取りも追ってこないだろうからね」

「だって、離婚してるんでしょ？」

「うん。だから法律上はなんの責任もないんだけど、ああいうひとたちは、そんなの知ったこっちゃないって感じだからさ」

「ジロも苦労してんだね」

「苦労してるのは母さんだよ。ぼくはのんびり気ままにやってる」

脚本家って、と彼女は言った。

「やっぱり、お父さんの影響？」

「うん。父さんは大学で映画研究会に入ってたからね。母さんともそこで出会ったんだ」

「女優なの？」

「まさか。モモんちとは違うよ。母さんはスクリプターだったんだ」

ふうん、と彼女は言った。

「ジロも大学に行って、映画研究会に入るの？」

いいや、とぼくは言った。

「大学なんて考えてないよ。高校だって行く気なかったのに、母さんがどうしてもっていうからさ」

「高校も行かない気だったの？　なんで？」

「早く働きたいんだ」

「だって脚本家の夢は？」

「働きながら勉強すればいいんだよ。ウディだって大学は中退で、最初はギャグ・ライターとしてキャリアを始めたんだから」

そっか、と彼女は言った。

「たくましいんだね。わたしって、ほんとに恵まれてるんだな……」

こんな感じで、けっきょくこの日は、彼女からたいした話も聞き出せないまま時間切れになってしまった。

　こんなんじゃ駄目だ。もっとプロに徹しなければ。これは将来のためのいい修行にもなる。ドキュメンタリー映画を撮るのもいいよな。頭の中に、つねに映像を思い浮かべながら彼女にインタビューするんだ。

　ぼくはウディ・アレン以外にも憧れている映画人が何人かいて、その中のひとりにキャメロン・クロウってひとがいる。彼はほんとすごいんだ。たった十六歳で、あの「ローリングストーン」誌の記者になって、二十五歳のときには、自分が書いたベストセラー小説の映画化で脚本家デビューも果たしてる。ちなみに、映画の題名は「初体験／リッジモント・ハイ」。内容も、だいたいそんな感じ。

　ぼくもそんな感じで人生のステップを踏んで行けたら最高だと思ってる。

　まずは、若きライターとしてキャリアを始めて、たっぷりと修行を積んだら、そこでの体験をもとに一本の脚本を書く。

　英語力も大切だ。ぼくの夢はハリウッドで脚本家になることなんだから。それまでには、やっておかなくちゃならないことが山ほどある。

　でも、いまはまず彼女へのインタビューだ。

## 12

だいたい五日に一度ぐらい、一回につき一時間っていうのが夏休みのあいだのぼくらの面会パターンだった。

夏休みも後半になる頃には、ぼくはもうずいぶんと彼女について詳しくなっていた。初回でしくじったインタビューも、きちんとリベンジを果たした。

「そういう、よそからの転入生って、仲間外れにされたりはしなかった？」ってやつ。

YES。それが彼女の答えだった。

「こればっかりは、どうしようもないよね。絵に描いたようないい子ちゃんならまだしも、わたしはほら、こんなだからさ。やっぱり、なんだこいつ？ってなっちゃう」

「そんな美人なのに？」

「へえ、ジロ、わたしのことそう思ってるんだ？」

この言葉にはちょっとドキッとしたけど、ぼくはすぐに切り返した。

「そう思わないやつがいたら、聞きたいね」

「まあ！　強気ね」

「ぼくは公正なライターだからね。真実を曲げる気はないよ」

「へえ、そうなんだ。頼もしいかぎりね」

それで？　とぼくは言った。

「答えは？」

「その『美人』ってやつも、やっかいなことのひとつよ」と彼女は言った。

「目立つって意味じゃね」

「そうなんだ？」

「その他大勢に埋もれちゃうのが一番無難なのかもね。わたしみたいなのは、けっこう女子の敵が多いの。それが、いつもの悩み」

「いまは、うまくやってるように見えるけど？」

「いろいろ学んだから。それだって、いつだってヒヤヒヤよ。ちょっとでも気を抜いたら、うしろからブスリと刺されちゃうんだから」

「そうなの？　なんかおっかないね」

モモが声を立てて笑った。彼女はほんと愉快そうに笑う。

「ジロには無理だよね。こんな地雷だらけのホールでダンス踊るなんてこと」

いや、とぼくは言った。

「ぼくにはダンスそのものが無理だよ。とびきりぶきっちょなんだ」

「へえ、いつか踊ってみたいな」と彼女は言った。

「その、とびきりぶきっちょだっていう男の子とさ。なんだか面白そうじゃない」

「どうだかな」とぼくは言った。

「やめといたほうがいいと思うよ。きっと、ふたりの足が知恵の輪みたいに絡まって転んじゃうだろうから」

彼女はこの「地雷だらけのダンスホール」についてはあまり語りたがらなかった。

両親とのこともそうだった。スカスカなんだ。語るほどの思い出なんてたいしてないんだ、と彼女は言った。

「パパは超忙しいひと。海外出張で家にいないことも当たり前だったから、子供のわたしにとっては雪男みたいな存在でしかなかった。噂ではいるらしいって聞いたけど、どこに行けば会えるの？ みたいな感じでさ」

「そういうの知ってるよ。映画でいっぱい観たから」

彼女は小首をくいっと傾《かし》げ、肩を竦《すく》めてみせた。こういったハリウッド的ボディーランゲージも様になってる。さすがは帰国子女。

「まともに顔を合わせるのは旅行のときぐらい。でも、パパがフルに参加したことなんてあったかな？　一緒にいたって、ずっとどこかと連絡取り合ってるし」

「それって、やっぱり海外旅行？　パリとかローマとか」

「うちはイビザとかサルデーニャとか島専門。ママがビーチ好きだから」

「ビーチ？　モモのお母さん釣りとかするの？」

　まさか、と彼女が笑った。

「そんなわけないじゃん。ママはただ椰子《やし》の木陰でマイタイ飲むだけ。SPF100とかの、バカみたいな日焼け止めクリーム厚塗りしてさ。とくに夕陽《ゆうひ》が好きみたいね。だいたいはサンセットが望めるリゾートビーチがあるホテルを選ぶから。アニキはよくサーフィンとかやってたけど、わたしはあんまりビーチには近寄らなかったな」

「どこにいたの？」

「町なかうろうろしてた。観光客が寄りつかないような場所。そこで猫からかったり、どっかのおじいさんと冗談言い合ったり」

「もったいなくない？　せっかくの旅行なのに」

「けっこう楽しいものよ。がつがつするより、わたしはそっちのほうが性に合ってる」

「そんなもんかな」

「そんなもんよ」

13

彼女の母親は、聞いてみるとやっぱり「女優」って感じだった。

「ママ自身旧家のお嬢様だし、それにあの顔だから、小っちゃなときからみんなに可愛がられて、それであんなふうになっちゃったみたい」

「あんなふうって？」

「お姫様。永遠のプリンセスよ」

「モモとどう違うのさ？」

「わたしはママとはまったく違うわ。ママはまわりからちやほやされたり、男のひとから言い寄られたりするのが大好きなのよ。光合成みたいなもの。それがないと枯れちゃうの。でもわたしは、そんなのゲーってなっちゃう」

「えっ、そうなの？」

「なに驚いてるのよ。なんかすっごい誤解されてる気分」

「だって、モモだっていつも、まわりからちやほやされたり男子から言い寄られたりしてるじゃん」

「そういう役割だから我慢してんの。好きでやってるわけじゃない」

「なんだかな」

「なによ」

「だって、たいていの女の子はそれを夢に見るんだよ。お姫様になること」

ふうん、と彼女は言った。

「だったら、わたしはきっと女の子じゃないんでしょ」

「じゃあ、なんなんだよ」

さあ、と彼女は言った。

「プリンセスに毒を盛る魔女とか？」


モモのお母さんはろくに家事をしたこともなかった。自慢したり、ちやほやされたり、そんなことに忙しくて、それどころじゃなかったんだそうだ。

「母親としての自覚がまったくないの。子供のことだってペット扱い。めちゃくちゃ可愛がったと思ったら、次の瞬間には興味失ってよそ行っちゃう。ある意味、すごいよね。あそこまで奔放になれるって」

「じゃあ、誰がモモを育てたの?」

「ナニーみたいなひとがいたから。家政婦兼乳母? チェコだかハンガリーだか、そのへんから来たって言ってた。優しいばあや、って感じなの」

「ああ、それもよく映画で観たよ。たいてい太っておしゃべり好きなんだ。でも、すごくいいひとなんだよね。厳しいところもあるけど、実はそれも愛情のうちでさ」

「彼女は太ってなかったし、おしゃべりでもなかったけど?」

「あ、そう」

「それに、いつもアニキがいたから」

「お兄さんとは幾つ違い?」

「アニキはわたしの八つ上」

「ずいぶん離れてんだね」

「ほら、わたしは想定外だから」

「想定外?」

「ママは子供はひとりでじゅうぶん、って思ってたから」

「ああ、その想定外ね……」

「よくあるじゃない。酒の飲み過ぎは不注意のもとって。わたしはたぶん、メイド・イン・イビザの子なのよ。マイタイ飲み過ぎて、ついうっかりってやつ」

「ある意味、すごいゴージャスだと思うけど、メイド・イン・イビザって……」

彼女は、ふん、て鼻で笑った。なかなか迫力のある笑いだった。

「こっち戻ってからは、アニキが親代わりみたいなものよ」と彼女は言った。

「ふたりで支え合ってやってきたの」

「ってことは、やっぱりモモも例のブラザー・コンプレックスってやつ？」

「なんで、いきなりそうなるわけ？」

「だって、映画じゃ……」

モモが耳障りな笑い声を立てた。彼女の笑い方には、ほんといろんなバリエーションがある。

「映画ね。まあ、たしかにそうよ。わたしはアニキが大好き」

「ふたりのときは、なんて呼んでるの？」

「え？」

「アニキっていうのは、外向けの呼び方だよね？」

「なんでそう思うのよ？」

「なんでって」

なんでだろう？

「なんでも、そう思ったからさ。どうなの？」

そうね、とちょっと考えてから彼女は言った。

「ほんとはジュン兄《にい》、って呼んでる。お兄ちゃん潤一《じゅんいち》って名前だから」

「うん。いいね」とぼくは言った。

「なにがよ?」

「ぼくらの信頼関係」

「どういうこと?」

「『素顔のままで』ってね。嘘や隠し立ては、できるだけないほうがいいからさ」

「そのつもりだけど?」

「まあ、いいさ」とぼくは言った。

「そのうちわかるよ。なんか、すごくいい本になりそうな気がしてきたよ」

## 14

この奔放なプリンセスママには、一度だけ会ったことがある。

夏休みも後半に入った頃、いつものようにリビングでインタビューしていたら、いきなり帰ってきた。会食の予定を気が乗らないからって土壇場でキャンセルしたらしい。

すごくびっくりした。なにがって、めちゃくちゃ若く見えたから。うちの母さんよりも年上のはずなのに、二十代後半ぐらいにしか見えない。しかも、とびきりの美人。もしかしたらモモより美人かも。モモはちょっと変化球的っていうか、どことなく性があいまいなところがあるんだけど（まだ十五歳だしね）、彼女の母親は、当たり前だけど成熟した大人の女性で、めちゃくちゃセクシーだった。あのボンドガールをやったジェーン・シーモアみたい。念のため言っておくと、ぼくは「ある日どこかで」に出ていた彼女のほうが好きだった。相手役は、あのスーパーマンことクリストファー・リーヴ。

「あら、お客さん？」と彼女は言った。ちょっと鼻に掛かった甘えたような声だ。

「モモちゃん、珍しいのね、お友達だなんて」

「うん、そうだね。わかったから、早く向こう行ってよ」

「もちろんそうするわよ。邪魔するような野暮じゃありませんから」

「はいはい」

なんてお名前？　とママがぼくに訊いた。ちっ、とモモが舌打ちをする。

「あ、トキオです。佐々時郎って言います」

「そう。モモちゃんのことよろしくね。この子が家にお友達呼ぶなんて、ほんと珍しいことなんだから」

「ああ、そうなんですか……」

ママはいい匂いがした。たっぷり熟した南国のフルーツみたいな……。

「ねえ、ちょっと彼ってジュンちゃんに似てない？」とモモを見ながら言う。

「ママ‼」とモモが吼《ほ》えるように言うと、彼女はことさら驚いたような顔をしてみせ、ぼくに共犯者的な目配せを寄越した。

ほら、この子っていつもこんななのよ。大変でしょ？

ようやく母親が奥に去って行くと、モモが大きな溜息をもらした。

「ママっていつもあんな感じなのよ。わたしが大変なのわかるでしょ？」

たしかに。

あれじゃあ、とても母親らしいとはいえない。もし、自分の母親があんなねっとりとしたセクシー女優みたいなひとだったら、ぼくだってちょっと考えてしまう。

でも考えようによっては、これって正しい姿なのかも。つまりは、資質と欲望のバランスとでもいうか。あんなに美人でセクシーなら、それを賞賛してくれるひとを求めるのは当然なことで、むしろモモのほうが頑《かたく》なに過ぎるんじゃないか？　って思ってしまう。

せっかくきれいな翼があるのに、「わたし、空を飛ぶのって趣味じゃないの」みたいなこと言ってるんだからさ。

「ジュンちゃんて」とぼくは言った。

「モモのお兄さんのことだよね？」

「知らない」と彼女は言った。

「ママ、昼間っから酔っ払ってるんじゃないの？　ジロが誰に似てるっていうのよ！」

「だよね」

## 15

それで懲りたのか、次からのインタビューは彼女の部屋ですることになった。あるいは、そろそろ新しいステージに入る頃合いだったってことなのか。

例のボーイ・ミーツ・ガール。知れば知るほど彼女の印象は変わってゆく。こういうのも一種の遠近法っていうのかな。遠くから見ていた彼女と、近くで見た彼女は当然違ってて、ときにはまったく逆の印象になることもある。ひと皮剝《む》くごとに見えてくる新しい彼女。まるで、ロシアのマトリョーシカ人形みたいだ。

　モモの部屋に招かれて、ぼくはさらにびっくりした。また別の彼女がそこにいた。

部屋はあり得ないほどクールだった。もとの所有者だった「そこそこ名の売れた画家」さんが使ってた当時のまま、ほとんど手は加えてないんだ、と彼女は言った。

　母屋とは屋根のある渡り廊下で繋《つな》がっていた。レンガ造りの三角屋根。南フランスあたりに建ってるワイン農家のしゃれた納屋のようにも見える。当然のように、壁は深緑色のツタで覆われていた。

　中はすごく広かった。二十畳ぐらいはあるかも。それに天井が高い。梁が剝き出しになってて、そこから裸電球が何個かぶら下がっている。

　入ってまず目に付いたのは巨大なベッドだった。藍で染めたような天蓋が掛かっていて、そこだけがまた小さな部屋のようになってる。シーツは象牙色。その上にいろんな大きさのクッションが全部で十個ぐらい転がっていた。

　石敷きの床にはイーゼルと古びたトルソー、それに重厚なライティングデスクがまるで美術館の展示品みたいに鎮座している。壁際の棚の上にも奇妙なオブジェが幾つも置かれてあった。

　これは「女の子の部屋」じゃない。けっして。

ガールフレンドのプライベートルームに初めて招かれた男子が「ああ、これこそが女の子の部屋だよなあ」とうっとりするような、あの甘い感覚とは数万キロの隔たりがある。

だいいち、匂いが絶対それじゃない。化粧クリームやデオドラントのスイートなフレグランスなんて、ここにはまったくない。あるのは、なんかもっと硬質でごつごつした匂い。鉱物性顔料？　それとも壁のレンガ？　きりりと気が引き締まるような非女の子的匂いだ。

「なんか、すごいね……」とぼくは言った。

くすりと彼女が愉快そうに笑った。

「びっくりした？」

「まあね。アトリエって聞いてたから、なんとなく想像はしてたけど、ほんとにそのままなんだね」

「持ち込んだのはベッドぐらいよ。このアトリエそのものがひとつの作品みたいなもんでしょ？　それを壊したくなかったの」

「そうだけど……」

驚いたことに、彼女はこの風景の中に見事にはまっていた。なんでこんなに似合うんだろう？　ここにはレースもフリルも、パステルカラーのきらめきもないのに。

彼女はまるで、フェルメールとかカラバッジョとか、そんな名のある画家が描いた絵画の中の住人のようだった。ちょっと感動さえしてしまう。学校の連中が見たらきっと驚くだろうな。

「ここには、ママもパパも入れないんだ。入れるのはジュン兄だけ」

「じゃあ、ぼくは特別？」

「そっ、光栄に思いなさいよ」

うん、とぼくは言った。

「そうだね」

本気でそう思った。これもインタビュアーの特権だ。

「その壁のは？」

そう言ってぼくが指差した先には、光と影ばかりを切り取ったようなモノクロームのコラージュがあった。なんだか知らないけど、見てるだけでドキドキする。

モモはちょっと照れたような顔をして、わたしの作品なんだ、と言った。

「うそっ」とぼくは思わず叫んだ。

「ほんとに？」

「ほんとよ」

「すごいじゃん！」

「本気でそう思う？」

「思う思う。たいしたもんだよ」

彼女がすごく変な顔をした。くしゃみを堪《こら》えてるみたいな。

「もしかして、あの棚に並んでるのも？」

「うん、あっちはワイヤーアート。真鍮《しんちゅう》の針金を使ってつくったんだ」

壁際に置かれたアンティークの棚の上には、針金で籠を編むようにしてつくられた手のひらサイズの動物たちがずらりと並んでいた。ぼくは棚まで歩くと、その中のひとつを指差した。

「これは？」

「ルシファー」

「ルシファーって、堕天使の？」

「そう、そのルシファー」

これが一番迫力があった。大きさはコカ・コーラの瓶ぐらい。コウモリみたいな翼が生えてて、そこにはドキドキするような鉤爪《かぎづめ》も付いてる。

すごくリアルだ。だけど、ほんとにすごいのは、その肌というか表面がすべてフラクタル模様になってるとこだ。めちゃくちゃ手が込んでる。しかも、その気の遠くなるような手間が、なにかを喚起する力にちゃんと昇華されてて、ぼくはそのなにかにすっかり圧倒されてしまった。

「これはもう、立派な芸術だよね」とぼくは言った。

「どのくらい掛かったの？」

「半年ぐらいかな。ずっとそれに掛かりきりだったってわけじゃないけど」

「誰かに見せたことは？」

「ジュン兄には見てもらったよ」

「なんて言ってた？」

「オレはお前を誇りに思うよ、だって」

「だよね。もっといろんなひとに見てもらえばいいのに」

ううん、と彼女はかぶりを振った。

「まだまだだよ。いまは習作の時代なんだ」

「じゃあ、いつかは？」

「どうだろうね。そのうち気が変わっちゃうかもしれないし」

「例の文集には、夢はモデルって書いてたよね？」

「あんなの読んだの？」

「そうだよ」とぼくは言った。

「誰かさんと一緒」

モモは斜め上をちらりと睨《にら》んで、小さく肩を竦めた。

「あれはさ」と彼女は言った。

「そう書いたほうが、みんなが納得するから。そのほうが面倒くさくなくていいじゃない」

「うん。わかるよ。カモフラージュだ」

彼女は疑わしそうな目でぼくを見た。ぼくは愛想よく頷いて見せた。

「まあ、いいけど」と彼女は言った。

じゃあ、とぼくは言った。

「ほんとは、こういうのをつくるひとになりたいんだね？」

「お祖母《ばあ》ちゃんが彫刻家だったの」とモモは言った。

「ママのお母さん。『そこそこ名の売れた芸術家』でさ、小っちゃな頃からずっと憧れてた」

「かっこいいね。女性彫刻家。カミーユ・クローデルみたい」

「誰それ？」

「ロダンの愛人だったひと。すごい才能なんだ。映画にもなったよ。イザベル・アジャーニっていう美人の女優さんがその役をやったんだ」

「お祖母ちゃんもきれいだったよ。五年前に死んじゃったけどさ」

「へえ」とぼくは言った。

「そうなんだ……」

けっきょく、美人ていうのは家系なんだろうか？　これもある種の既得権益みたいなもので、それは世襲によって次の世代にもたらされる。それって、ちょっとずるくないか？

「がんばりなよ」とぼくは言った。

「モモの夢。かっこいいじゃん。芸術家を目指すなんて」

「そう思う？」

「思うよ。なんかモモらしくて」

「わたしらしい？」

彼女が驚いたような顔で訊いた。

うん、とぼくは頷いた。

「なんだかね、ふと、そう思ったんだよ」

## 16

べつの日には、彼女のスクラップブックを見せてもらった。スナップ写真やチケット、ポストカードや新聞の切り抜きなんかのカラフルなコラージュ。

「これは、四歳ぐらいかな」と彼女が中の一枚を指差して言った。

ぼくらは天蓋付きのベッドに腰掛けていた。基本的にゲストを想定してないので、並んで座ろうとすると、どうしてもこうなってしまう。

ちょっと親密すぎやしないか？　とぼくは思った。しかも、彼女の子供時代の写真を一緒に見るなんて、まさしく例のアレみたいで、つい仕事だってことを忘れてしまう。雇い主がこんな美少女だってことが問題なのかも。

当然、四歳の彼女も愛らしかった。ふりふりのレースが付いた白いスモックを着ている。まるで見習い天使みたいだ。

「可愛い格好してるね」

「ママの趣味よ。ジュン兄も子供の頃は女の子の服を着せられてたんだって。こっちの意向なんてぜんぜん無視なんだから」

「でも、可愛いよ」

「子供時代なんて、みんなそんなもんでしょ？」

「いや、それはどうかな……」

そうでないひとたちだっていっぱいいるはずだ。身びいきを抜きにしてみると、現実ってやつはけっこう残酷だ。このぼくがいい例だ。幼かった頃のぼくは、妙に老成した顔をしていて少しも可愛げがなかった。父さんがとんでもないドリーマーだったので、それが不安で仕方がなかった。こういう危機的感覚にさいなまれ続けると、無邪気成分が揮発して、子供はすっかり水気や張りを失ってしまう。もちろん、比喩的にだけど。

「こっちの写真は？」

「それは七歳か八歳ぐらい。一緒に写ってるのがジュン兄」

この頃、彼女はすでに「黒の時代」に突入していた。ローリング・ストーンズの例のあのベロのイラストが描かれた黒いTシャツにベルボトムのブラックデニム。70年代風の出《い》で立ちだ。

彼女は黒がよく似合う。まるでビロードの台座に収まったシングルカットのダイアモンドみたいだ。きらきら輝いてる。

これは反則だよな、とぼくは思った。いくらなんでも可愛すぎるだろ。しかも、その隣に立っている少年のなんと美しいことよ。「ベニスに死す」のタジオみたいなんだけど、彼よりも、もうちょっとワイルドで、なんだっけ？　ロック・ミュージシャンでこんな顔のひといたよな。蒸すだか、茹《ゆ》でるだか、そんな感じのバンド名。とにかく様になってる。ぜんぜん彼女に負けてない。遺伝子ってすごい。

「お兄さんは、ちょうどいまのぼくぐらいの歳だよね？」

「そうかな？　うん、そうかもね」

彼女のママは、ぼくのどこをどう見て、この美少年に「似てる」と思ったんだろう。髪が天然パーマなところ？　それとも耳の形？

モモもそうだけど、彼女みたいなひとたちって、恵まれている人間特有の気前のよさで、ひとのいい面ばかりを見て、しかもそれを拡大して解釈するところがあるのかも。妬みやあら探しの真反対。それはそれで、なかなかの美徳だと思う。すごく平和だ。

「お兄さん、格好いいね」

「でしょ？」と彼女が嬉しそうに言った。ほんとにブラザー・コンプレックスなんだ。

「モデルにならないかって誘いだってバンバンあったんだから」

「だろうね。どうせ、背だって高いんだろ？」

「180は超えてるはずだけど。パパもそのぐらいあるから。ジュン兄のほうがもうちょっと高いかな」

「完璧だ」

「なんだけど、ぜんぜん興味がないの。むしろ裏方志望？　サウンドエンジニアみたいなのに憧れてて、いまはLAの学校に通ってる」

「そのへんて兄妹《きょうだい》で似てるんだね。自分自身を売り込むんじゃなくて、なにかのつくり手になりたいっていうのはさ」

「ママがいい反面教師になったんでしょ？　ああいうのってくだらないって思う」

「なるほどね」

どっちにしても、親の存在は子供の人格形成に多大な影響を及ぼす。

17

この日の終わり、ぼくらはちょっと（いや、かなり）変な感じになった。あとから思えば、それはなにかの始まりだったわけで、そこには彼女のスクラップブックが関係している。アルバムとかスクラップブックってやつは、思春期の男女にある種の媚《び》薬《やく》的効果をもたらすものだ。

スクラップの後半は、モモとお兄さんのツーショットばかりで、ぼくはなんだか一生分の眼福を味わったような気分だった。

「これは去年の夏のイビザ」と言って、彼女は一枚の写真を指差した。「ジュン兄がわたしを無理矢理ボディーボードに乗せようとしてるところ」

彼女はワンピースの水着姿で（色はブルー）髪をうしろで一本に束ねている。ジュン兄はオレンジ色のサーフパンツで、腹筋はみごとなシックスパックだ。ふたりはまるで恋人同士のようにじゃれあってる。どこぞの高級ブランドのリゾートコレクションのポスターみたいだ。

モモの水着姿にかなりクラッときたけど、ぼくは平然を装って言った。

「ほんとにふたりは仲がいいんだね」

「そうよ。小っちゃな頃から、ずっとそうだった」

「恋人同士みたいなもの？」

どうかな？　と彼女は言った。

「もっと深いところで繋がってた気がする。わたしたちって遺伝子の共有率がすごく高いのかも。一卵性の双子みたいにさ。ジュン兄だけがわたしを理解してくれるの。わたしが感じてる不安や怒り、なにが大切で、なにを求めているのか……。パパやママはなんにもわかっちゃいないわ」

「不安なの？」

あったりまえでしょ、と彼女はどこか憤ったような口調で言った。

「想像力ってものが少しでもあるなら、不安はもれなく付いてくるもんじゃないの？」

「うん、まあ、そうだけど……」

彼女はそこでふっと表情を和らげると、「もし、そう見えないのなら」と言った。

「わたしが、そう見えないように振る舞ってるからかもしれないね」

「そう？」

「癖なのよ」と彼女は言った。

「無意識のうちに演技しちゃうの。平気なふり」

「うん、わかるよ」とぼくは言った。

「ぼくもそうだから。やせ我慢ってやつ」

彼女は一秒ほどぼくの目を見つめていた。それから、ゆっくりと頷く。

「かもね」

「うん」

「でも、ジュン兄と一緒のときだけは、そんな癖も消えちゃってた」

「真実を見せ合えてた？」

「多分、そうだと思う」

「お兄さんと離れてしまって寂しい？」

もちろん、と彼女は言った。

「寂しいにきまってるじゃん」

そしてモモは孤独だ。どれほど取り巻きたちに囲まれていても、彼女は深い孤独を感じている（多分）。あのとき、図書館でぼくが抱いた印象は間違いじゃなかった。ひとは誰からも見られてないと思ってるときは演技なんてしないものだ。

「もし、お兄さんに恋人なんかできたら、モモはかなりショックだろうね」

「もう、いるよ」

「えっ」とぼくは言った。

「そうなの？」

「どこの国のひとだったかな。なんかミックスなんだよね。すごい美人の女子大生」

はあ、とぼくは深い溜息を吐《つ》いた。

「そうなんだ」

「なに、ジロが落ち込んでるのよ」

「いや、なんかすっかり感情移入しちゃって」

「それって、わたしに？」

「そうなのかな？」

くすりとモモが笑った。

「へんなやつ」

「そうかな？」

「うん、ぜったいへんだって」

それからのぼくらは、妙にしみじみしてしまい、すっかりいつもの調子を失ってしまった。

ふいに訪れたひそやかな親密さに戸惑いながら、ふたりはほとんど押し黙ったままスクラップブックのページをめくり続けた。甘美な旧懐の情が芳《かぐわ》しい香りのようにぼくらを包んでいた。

たぶんそのどこかで、ふたりの脳神経の発火リズムが同調したんだと思う。

ぼくらは、「目的の対象物に同時に手を伸ばす」という例のアレを体験した。ページをめくろうと伸ばしたぼくの指が彼女の指と重なり合い、それはきれいな鏡面対称を描いた。

あっ、と言ってふたり同時に指を引っ込める。

知ってる、この場面、とぼくは思った。なるほど、こんな感じなんだ。甘酸っぱい困惑。まったく馴染みのない、なんとも不思議な感覚だった。

「なによ」とモモが言った。

「なにが？」

「なに、変な感じになってるのよ」

「そっちこそ」

「ぜんぜん」と彼女は言った。

「そんなんじゃないけど」

「ぼくだってそうだよ。ぜんぜんそんなんじゃないよ。無条件反射？　バラのトゲに触って、慌てて指引っ込めるみたいな」

「わたしはバラのトゲだって言うの？」

「たんなるたとえだよ」

ふうん、と彼女は言った。

「まあ、いいけど」

でも、ぼくは気付いていた。モモのほっぺたが少し赤くなっていたこと。それをネタにからかうこともできたけど、やぶ蛇になりそうなのでやめておいた。

彼女は愛らしかった。美少女というよりも、もっと不完全で傷付きやすい、幼女のような面持ち。

じっと見てたら鼻の頭を指で弾かれた。まるで、チン（顎先）をヒットするフライ級ボクサーのフックのようだった。

「痛てっ！　なにすんだよ」

「なんか、その顔にイラッと来たの」

「この顔？」

「気付いてないの？　すごくイヤラシかったわよ。なに、にやけてんのよ」

「いや、それは……」

まずい。顔に出ちゃったみたいだ。

「なんか、勝手に解釈しないでよね」

「解釈って、なにをさ？」

「わかんないけど……」

モモはひとに伝記（のようなもの）の執筆を依頼しておきながら、なかなか自分の素顔を見せようとしない。

彼女がクラスメートたちに見せていた顔がまずあって、その下から現れてきたのが、伝記執筆者（つまりぼく）向けに用意されたもうひとつの顔であり、本当の彼女は、さらにその奥にある薄暗い小部屋のような場所でじっと息を潜めてる。

いま、ほんのちょっとだけど、その部屋のドアが開いて、そこからそっと顔を覗《のぞ》かせた幼いモモの姿が見えたような気がした。

もしかしたら、この子は見かけや噂なんかよりも、ずっとウブなのかもしれないぞ、ってぼくは思った。

でもとりあえず、いまはまだ彼女は尊大なクイーンだ。そのように接しなければならない。

なので、ぼくは彼女に訊ねた。

「ねえ、この写真もらっていいかな？　文章起こすときの資料に使いたいんだ」

この写真っていうのは、ふたりの指が触れ合う切っ掛けをつくったモモのスナップショットのことだ。寝起きなのかな？　焦点の定まらない目でこっちを見つめている彼女は、まったくの無防備で、なんだかとっても柔らかそうに見える。

「ええ？」とモモは言った。

「この写真？」

しぶるようなふりしてるけど、まんざらでもない感じだ。ぼくはウブなナイトになり切って彼女にせがむ。

「いいよね？　執筆のための資料なんだからさ」

「いいけど」と彼女は言った。

「変なことに使わないでよね」

「変なことって？」

「さあ、知らないけど」

「たとえば、ベッド脇の壁にピンで留めて、毎朝、目覚めるたびに、おはようって声を掛けるとか？」

彼女がけらけらと笑った。

「そうね。そういうのはやめてほしいわ。首の辺りが痒《かゆ》くなりそうだから」

「了解」とぼくは言った。

「心得とくよ」

18

この日の帰り、工場の正門前を通ると、十人ぐらいの従業員たちがプラカードを掲げながらデモのようなものをしていた。「不当解雇反対！」とか「賃金の正当な支払いを！」とか、そんな言葉がプラカードには書かれてあった。

ひとり、かなり雰囲気のある男性がいて（「ライトスタッフ」に出ていたサム・シェパードにちょっと似ていた）、彼がこの「デモのようなもの」のリーダーらしかった（あとから知ったんだけど、実はこの男性が飛男の父親だった）。

彼らはデモと呼ぶにはあまりにひっそりとしていて、むしろ無言の行をおこなう修道士の集団のように見えた。

でも、その厳粛さにはなんとも言えない凄《すご》みがあって、彼らは大声で要求を主張するデモ隊なんかよりも、はるかに気高く理知的に見えた。

あとでそのことを母さんに言うと、実は菊池サユリの母親が解雇されたらしいってことだった。

「慣れない国で、言葉だってうまく伝わらないままに働いていたから、そうとうに疲れが溜まってたんでしょうね。それで具合を悪くして何度か休んだら、ある日、会社が一方的に解雇を言い渡してきたって話よ」

「うわっ、ひどいね。血も涙もない」

「そうね。そのことに従業員たちは憤ってる。同じような目に遭ったひとたちがたくさんいるし、そうでなくたって、もとから労働条件はひどいものだし」

「でも、ああいうのって、会社を怒らせちゃうんじゃないのかな？」

「そうね」と母さんは言った。

「彼らもそれなりの覚悟はしているんでしょうね」

## 19

飛男の話が出たんで、彼のことも書いておこう。

夏休みも終わりに近づいたある日、ぼくは約束の時間よりも三十分ほど早く彼女との面会に向かった。この日に訊いておきたいことのリストを挙げていったら、一時間じゃとても足りないことに気付いた。いままで、こんなふうに勝手に早めに訪問したことはなかったけど、その頃にはぼくらもずいぶんと親しくなっていたから、きっと彼女も許してくれるだろうと思った。

木立が途切れ、コテージのテラスが見えてくると、そこに誰かがいることにぼくは気付いた。ひとりはモモだった。黒い長袖のカットソーに黒いデニムパンツ。

そして、その隣にいたのが飛男だった。

ぼくは慌てて自転車を駐めた。木の陰に身を隠し、ふたりの様子を窺《うかが》う。

ふたりはくつろいだ感じで話をしていた。なんだかすごく親しげだ。学校でふたりが話してるところなんて一度も見たことなかったのに。

飛男の言葉にモモが笑った。「なによ、その冗談」みたいな感じで、飛男の肩を突いてる。ぼくはなんだか変な気分になった。よく分からないけど不愉快だった。

やがて会話が終わると、飛男はテラスを一気に駆け下り、そこに駐めてあった自転車に跨《また》がった。モモがなにか声を掛け、飛男が頷く。ぼくは木立の奥に身を隠した。しばらく待っていると、飛男が陽気に鼻歌を唄いながらぼくの前を通り過ぎた。よく聞くと歌は「ポセイドンのめざめ」だった。


ぼくはそこできっちり三十分待ってから彼女の家に向かった（いっぱい蚊に刺されてしまった）。

そのあいだにモモはなぜか服を着替えていた。まるでアーミッシュの女性が身に着けるようなクラシカルタイプのワンピースで、色は濃紺だった。

彼女が訊ねてもらいたがってるみたいだったので（この頃には、こんなこともぼくはわかるようになっていた）、「その服」と指差すと、「お祖母ちゃんのよ」と彼女が嬉しそうに言った。

「十センチぐらいわたしのほうが背が高いから、裾がちょっと足りないけど、けっこう気に入ってるの。自分で仕立て直したのよ」

「そんなこともできるの？」

「たいしたことじゃないよ。昔はみんなやってたんだから」

だろうけど、やっぱりたいしたものだ。それにモモらしくない。彼女はオートクチュールがよく似合う。

「もしかして」とぼくは言った。

「学校の制服も自分でいじったりした？」

え？　と彼女が驚いたような顔をした。

「わかっちゃった？　ジロって鈍そうな顔してけっこう鋭いね」

鈍そうは余計だよ。ドリーマーだった父さんの血が、たぶんそう見せるんだろうけどさ。

「そうよ」と彼女は言った。

「ほら、わたしの体型ってかなり特殊だから、そのままだと借り物みたいになっちゃうの。女なのに肩幅あるし、逆に腰は狭いしね。だからウェストしぼって、袖長くして、あと裾もちょっといじったかな」

なるほどね、そういうことか。噂っていうのは、おおむねいつだって対象となる相手を怠惰で倫理観の低い人間のように見せたがる。いわゆる偏見てやつだ（ゴシップ雑誌なんか、まさにそう）。

　実際よりもいい人間のように噂されることなんて、滅多にないんだろうな。


　それから、ぼくらはいつものようにアトリエで話をしたんだけど、なんだか妙にぎくしゃくしてしまって、ぜんぜんインタビューにならなかった。

　もちろんぼくのせいだ。飛男のことが気になって仕方なかった。でも訊ねる気にもなれなくて、ひとり勝手に焦れて空回り。鋭い彼女はすぐに気付いて、なによ？　って訊いてきた。

「ちょっと、今日のジロ、やな感じなんだけど」

「へえ、そうですかね？」

「なによ、それ？」

「べつに」とぼくは言った。

「ふつうだよ」

　ううっ、と彼女が唸《うな》った。機嫌の悪いメスライオンみたい。かなり危険だ。

　ぐっと譲歩して、なんとかお愛想口にしてみたりもするんだけど、すでに彼女もそんな感じになってるから、なかなか会話は弾まない。

　けっきょく、この日は予定よりも早く切り上げて帰ることにした。

「もう、今日は帰るよ」とぼくが言うと、そう、とモモが素っ気なく返した。

「家に帰ったら水ごりでもして頭冷やしてよね。ジロのヒステリーに付き合うのはもうゴメンだからさ」

思わず言い返しそうになったけど、そこはじっと堪えてなにも言わずにおいた。

家に向かって自転車を漕《こ》ぎながら、ぼくはふと思った。

なぜ、ぼくはこんなに不機嫌なんだろう?

なんかおかしくないか?

20

夏休み最終日、とつぜんモモから電話があって、急遽《きゅうきょ》午後からインタビューすることになった。もしかしたら、彼女なりの和解の申し出だったのかもしれない。

この日は珍しくモモが家の前でぼくを待っていた。

「ママがいるのよ」と彼女は言った。

「ほんとは出掛けてるはずだったのに、頭痛いとか言って、リビングのソファーでぐったりしてんの」

「ああ、そうなんだ」

「季節の変わり目にはよくあることなのよ。ママったら不眠症の頭痛持ちだから、気温とか気圧の変化にほんと弱くてさ」

「うわ、それも女優っぽいね」

「そうなの?」

「ハリウッド女優なんてみんなそうさ」

へえ、とモモは言ってくるりと目を回した。彼女もじゅうぶん女優っぽい。

「じゃあ、どうする?」とぼくは訊ねた。

「直接モモの部屋に行く?」

それもいいけど、と彼女は言った。

「湖行かない? なんか家にママがいると思うと落ち着かなくてさ」

「うん、わかる気がするよ」

ぼくだって落ち着かない。

「でしょ?」と彼女は言った。

「ボートに乗ろうよ。涼しくて気持ちいいよ」

ほんとだった。すごく気持ちいい！

今日のインタビューはどんな感じになるんだろうって、ちょっと心配だったんだけど、ぜんぜん大丈夫そうだ。

生まれてから多分三度目ぐらいのボート漕ぎだったけど、恥をかかない程度にはなんとかなった。

湖面を渡る風はひんやりとして、いい香りがした。フィトンチッド？　木立を抜けてくるあいだに、いろんな成分が風にとけ込んだのかも。

湖の中央まで漕いだところで、ぼくはボートを止めた。

「この辺でインタビューを始めようか」

「そうね」

湖の水はとても澄んでいた。群れをなして泳ぐ魚たちの姿が見える。頭の上では鳥たちが陽気に声を競い合い、岸辺ではしなやかな緑の踊り子たちが風に舞っている。

ここは天国か？　とぼくは思った。それに今日の彼女はどことなく天使っぽい。薄桃色のワンピース。向かいに座る彼女のひざ小僧が眩《まぶ》しくて、ぼくは妙にどぎまぎしてしまう。

デイパックから大学ノートを取り出しながらぼくは言った。

「また、お兄さんの話になるんだけど」

これは戦略だった。モモはお兄さんの話だと機嫌がいいし口も滑らかになる。

「うん、なあに？」

ほらね。なあに、だって。

「お兄さんは、モモをどんな女の子だと思ってたのかな？　お兄さんの意見も知りたいな」

「ジュン兄が？」

「うん。なんか言われただろ？」

そうね、と彼女は言った。

「いつだったか、お前はフラニーだって言われたことがあって、それはなんかずっと頭に残ってるな」

「フラニー？　誰それ？」

「『フラニーとゾーイー』って小説があるのよ。その中にでてくる女子大生の名前」

「ふーん。知らないな」

「『ライ麦畑でつかまえて』って小説は知ってるでしょ？」

「名前はね。読んだことはないけど」

「あれを書いたサリンジャーってひとの小説」

「ああ、そうなんだ」とぼくは言った。

「で、フラニーってどんなひとなの？」

どんなって、と言って、彼女は少し考えるような仕草を見せた。

「ニセモノが大嫌いで、自意識過剰な女の子って感じ？」

思わず声を立てて笑ってしまった。

なによ、と彼女が言うから、ゴメン、ゴメンとぼくは謝った。

「お兄さんて、面白いひとだね」

「どういうこと？」

「いや、そのままだよ。他にもなにか言ってた？」

「うーん、お前は俗やエゴを嫌いながら、それを迷彩服のように纏《まと》ってる。徹底して矛盾してるんだ、って言われたこともある」

「鋭いね」とぼくは言った。ふと思いついて「迷彩服→擬態」とノートにメモする。

「そう言われて、モモはどう思った？」

彼女はちらりとぼくを見て、すぐに湖畔の緑に視線を移した。

「どうって、自分じゃよく分からないよ」

「まあ、そうだけどさ」

「前にも言ったけど、そういうのって癖みたいなもんでしょ？　意識してやってるわけじゃないもん」

「本能みたいなものかな？　自分を守るための」

かもね、とモモは言った。彼女はこの辺の話になると、いつだってガードが堅くなる。これもまた本能？

ぼくは話題を変えることにした。とにかく、様々な方向から攻めて、彼女の真実を探っていく。だってほら、ぼくはボイジャーだから。

「小説っていえば、モモはどんな本が好きなの？」

「あんまり読まないけど……」

ほんとかな？『怒りの葡萄』を読んでたのをぼくは知ってるよ。

「でも、少女小説は好きだったかな。ほら、名作全集みたいなのに入ってるやつ」

「『あしながおじさん』とか？」

「そうそう、そういうの。わたしが好きだったのは『小公女』」

「ああ、知ってる。なんだっけ。お金持ちの女の子が親から離れて寄宿学校に通うって、そんな話だったよね？」

「そう。でも、お父さんが死んで、とつぜん一文無しになっちゃうの」

「そうだったっけ？」

「そうよ。あの話を読んだとき、自分だったらどうなんだろう？　ってよく考えたわ」

「そういったもろもろすべて。ジロだってそうでしょ？　お父さんは会社経営者だったわけだし、それが倒産して、とつぜん生活が変わっちゃったんだから」

「会社経営者っていったって、うちはぜんぜん裕福じゃなかったけどね。でも、それだってけっこうこたえたよ。ああ、お金がないって、こういうことなんだなって」

「そう？」

「うん。ひとだって態度を変えるしね。親戚なんかだってそうだよ。手のひら返したようにって言うけど、ほんとにそうなんだ。人間って恐いよ」

「そっか……」

「うん」

　ちょっとしんみりしてしまったので、今度は好きな映画を訊いてみた。

「『ベティ・ブルー』」

　それが彼女の答えだった。

「ええっ？　けっこう過激だね」

「そうかな？」

「ああ、でも、ちょっとモモってベティに似てるかも」

　ふん、って彼女が笑った。

「ほんとは真逆なんだけどね。だから憧れるの」

「真逆？」

「ベティは自分の思うままに生きてるじゃない。自分に正直なのよ。だからトラブルが絶えないいんだけど」

「うん。モモがあんなふうだったら、けっして近づかないね。ぼくの手に余る」

「大丈夫よ」と言って彼女は微笑《ほほえ》んだ。

「わたしは子供をさらったりはしないから」

「うん」

そのあとでモモは、勇気が欲しいな、と呟《つぶや》くように言った。さりげない口調だったけど、なんだか胸にズシンと来る言葉だった。

「勇気、ね」

「そっ、ベティみたいに」と彼女は言った。

「いいと思えば、なりふりかまわず応援するし、ニセモノだと思えば、容赦なくそれを暴き立てる。そんな勇気」

「モモはベティじゃなく、フラニーだってこと？」

「そう、しかもとことん歪《ゆが》んでるの。ちっとも素直じゃないのよ」

でも、誰だってみんなそうなんじゃないのかな？　とぼくは思った。

誰もが自分にとってのよき人間像っていうのがあって、そこに近づきたいと願ってはいるけど、いろんなものが足を引っ張ってそれを邪魔するんだ。自己保身の本能だとか、見栄《みえ》だとか、しみったれたエゴだとか。

ベティは特別中の特別だ。そんな純粋で真っ直《す》ぐな人間は、この世界ではうまく生きてくことができない。それはきっと世界がそのようには出来てないからだ。この星はすっかり汚《けが》れ捩《ねじ》くれてしまっている。

「ねえ」と言ってモモがぼくに顔を寄せた。

「ジロの好きな映画は？　なにが好き？」

ああ、とぼくは思った。モモってほんと、とびきりの美少女だ。

この眼差《まなざ》し、頭の芯まで突き刺さる。それに、あの唇から「好き」って言葉が出てくると、聴覚と視覚の相乗効果で、なんだかおかしな気分になる。セイレーンの歌声みたい。あの声に惑わされて難破した船乗りたちも、みんなこんな感じだったんだろうか？

「そうだね」と言って、ぼくは意味もなくノートのページを捲《めく》った。

別にそこに「マイフェイバリットムービー20」とか、そんなもんが書かれてるわけじゃないんだけど（ひとって動揺すると、つい無意味な行動をとってしまう）。

あたふたとページを捲っていると、ふいに一陣の風が吹き寄せ、ちょうど開いたところに挟んであった「栞《しおり》」を宙に舞い上げた。

ボートに慣れてなかったぼくは、そこで初心者にありがちな過ちを犯した。「栞」に手を伸ばそうとして立ち上がったんだ。

一気にボートが傾いて、ぼくは完全にバランスを失った。まずい！　と思ったけど、そのときにはもう手遅れだった。ぼくはそのまま、頭から湖に向かってダイブした。

モモが船縁に手を掛け身を乗り出した。

「大丈夫⁉」と訊く。

「足が攣《つ》った！」とぼくは叫んだ。

「うそ！」とモモが言った。

「溺れないでよね！」

「わかんない。あんまり自信ない」

彼女はめいっぱい身を乗り出して、ぼくに手を伸ばした。必死になってそれを掴む。

でも、これもやってはいけないことだった。バランス悪すぎる。ただでさえ傾いていたボートがさらに傾いで、あっと、思ったときには彼女も水の中だった。

目の前に水しぶきが上がり、一瞬なにも見えなくなる。

「うわっ」

「大丈夫よ」とモモが言った。

「慌てないで」

彼女はぼくの腕を取り、ボートのすぐ近くまで引き寄せてくれた。

「縁を摑んで」とモモが言った。ぼくは言われた通りにした。

彼女はボートの舳《へ》先《さき》を回って、向かいの船縁に摑まった。

「まだ攣ってる？」と彼女が訊いた。

「まだ攣ってる」とぼくは答えた。

「じゃあ治まるまで、もうちょっとこうしてよう」

「うん、わかった」

「痛い？」

「うん。ああ、でも少し楽になったかも……」

「そう？」とモモは言った。

「なら、よかった」

ぼくらはあらためて顔を見合わせた。ふたりともずぶ濡《ぬ》れだ。でもなんだか、それがすごく気持ちよかった。

やってみなくちゃわからないことっていっぱいある。これもそうだ。思わぬアクシデントがふたりをここまで運んできた。ほんのちょっと座標がずれただけ。でも、これってすごい飛躍だと思う。

モモもきっとそんな気分だったんだろう。彼女の顔に笑みがこぼれた。ぼくらは自由だ。それがたまらなく愉快だった。ふたりは声を立てて笑い合った。

「なによ、その顔」と彼女が言った。

「水草頭にのせた水死体みたい」

「ジェーソン？」

「そうそう、そんな感じ」

「モモだってけっこう悲惨だよ。バスルームでシリアルキラーに襲われる絶叫クイーンみたいだ」

「ホラー映画のお約束？」

「そう、お約束のサービスシーン」

21

でも、ほんとにそんな感じになってしまった。あくまでも、ぼくへのサービスってことだけど。

水深のあるところで乗るのは危なそうだったので、ぼくらはそのままボートを押しながらすぐ先の小島に向かった。浮島みたいに小さな島だった。丈の低い草に覆われてて一本だけ木が生えている。

小島に着くと、まずはモモが先に上がった。舳先を摑みボートを陸に引き揚げる。それをうしろから押しながら、ぼくは目を皿のようにして彼女を見ていた。見ちゃいけない！　と思うんだけど、どうしても目が吸い寄せられていく。濡れて張り付いたワンピース越しに、モモのあんなところやこんなところが透けて見えた。

不自然な沈黙に彼女が顔を上げてぼくを見た。一瞬でそのわけを悟る。

「いい度胸ね」とモモは言った。

指先ひとつでぼくを横向かせる。やっぱり彼女はひとに指図することに慣れている。すごい圧力だった。

「また見たら、パンチだからね」

「はい」とぼくは横を向いたまま頷いた。

「わかってます」

ぼくらはそこで服を乾かすことにした。亀の甲羅干し。モモはその甲羅をいったん脱いで水気を絞り取った。

いま振り向いたらパンチどころじゃないんだろうな、とぼくは思った。でも、どんなお仕置きが待っているとしても、振り向く価値はあるような気がした。なんだか背中のあたりがゾクゾクした。

「そっち向いたままうしろに手を伸ばして」とモモが言った。言われた通りにすると、指先に濡れた布地が触れた。

「ジロが絞って」と彼女は言った。

「いくらやわでも、わたしよりは力あるでしょ？」

「自慢じゃないけど」とぼくは言った。

「春の筋力測定で、右手の握力53キロもあったんだぜ」

「なにマッチョぶってんのよ。わかったからしっかり絞ってよね」

「はいはい」

彼女のぺらぺらなワンピースを絞りながらぼくは思った。たぶんいまが、間違いなくぼくの人生における、もっともエロティックな瞬間なんだろうな、って。

手に触れるワンピースの感触も、背後でそっと息づくモモの存在も、なにもかもが強烈で、ぼくの脳はもうオーバーヒート寸前だ。

手が痺《しび》れるほど力を込めて水気を絞ると、ぼくはモモのワンピースをそっと横に掲げた。

「これでいいかな?」

「ありがと」とモモが言った。

ワンピースを受け取る彼女の剝き出しの腕が見えた。これが最後のだめ押しとなった。

補完能力。一部を見て全体を想像する力。鼻の奥に生温かい感触が広がった、と思ったら次の瞬間、それがすっと流れ落ちてきた。

「うわっ、鼻血!」

慌てて腕で拭うと、けっこうな量の血が肌を赤く染めた。

「なにそれ?」とモモが言った。

「ほんとに、そんなことってあるの? 青春コメディーの観すぎじゃない?」

「そんなのわかんないよ。うわ、まいったな」

「はい、ハンカチ」とモモが言うので振り向いたら、彼女はもうワンピースを身に着けていた。すごい早業だ。

彼女からハンカチを受け取り鼻を押さえる。

「なんか、ある意味感動ものよね」とモモは言った。

「ここまでからかい甲斐《がい》のあるひとって、そうはいないわ」

着てたTシャツにも鼻血が付いたので、モモが湖の水で洗ってくれた。絞ったシャツをぼくに手渡しながらモモが言った。

「よく、そんな貧弱な身体《からだ》でマッチョぶれたものよね」

「でも、シックスパックだぜ」

「ダゼって。あばらが浮いてるんですけど」

「無駄な肉がないんだよ。ぼくはテナガザルタイプだから」

「なにそれ？」

「ご先祖さまが木の実を採って暮らす平和主義者だったんだ」

「原始時代のフラワーチルドレン？」

「まあ、そんなところ。チンパンジータイプはタカ派なんだ。正義は我にあり、ってね」

「それも映画にあったの？」

「違うよ。自分で考えたんだ」

「ジロってやっぱりおかしいね」

「そうかな？」

「そうよ」

それからぼくらは並んで草の上に寝転んだ。この日差しなら、服もすぐに乾いてくれそうだった。鼻血はいつのまにか止まっていた。

「ノート大丈夫だった？」とモモが訊いた。

「うん、少し濡れたけど、乾かせばなんとか」

「そう、よかった」

それからモモは、栞はどうなったの？　って訊いた。

「大丈夫。ちゃんと拾ったよ」

「いま、どこにあるの？」

「ジーンズの前ポケット」

「出して見せてよ」

「なんで？」

「だって、ジロすごい必死だったじゃん。どんな栞なのか気になる」

ちょっと笑ってる。もしかしたら、モモは気付いてるのかも。

「どうしても？」

「どうしても」

仕方なく、ぼくはポケットから「栞」を出してモモに見せた。

「あらら」と彼女が嬉しそうに言った。

「なにかと思ったら」

それは、こないだモモからもらった写真だった。ノートに挟んで栞代わりに使っていたんだ。

「あくまでも栞だよ」とぼくは言った。

「変なことに使っちゃいない」

「そうね」と彼女は言った。

「そして毎日、わたしの顔をじっと見つめては溜息吐いてたってわけね」

「違うよ！」

ぼくはムキになって否定した。

「そんなんじゃないってば」

はいはい、とモモが言った。子供をあやす母親のような口調だ。

「わかってるわよ。そのぐらい」

「わかってる？」

「C組の香川さん。香川ユカだっけ？」

胸の奥で心臓がヒッて悲鳴上げて小さく縮こまった。彼女こそが、ぼくが前に言ってた「ちょっといいなと密かに思っている女の子」だった。

「ど、どういうこと？」

「一年のとき、同じクラスだったんだって？」

「そうだよ。だから？」

声が震えていた。

「ジロ、あの子に映画のビデオ、プレゼントしたでしょ？」

なんで、それを知ってるんだ？

「なんで、それを知ってるの？」

「なんでって、みんなが知ってることだから」

「うそ！」

「だから、そんなもんなんだって」と彼女は言った。

「ゴシップゾンビたちは、他人のプライバシーが大好きなんだから」

「でも」

「別に彼女が言いふらしたってわけじゃないと思うよ。きっと一番仲良しの女の子に、そっと打ち明けたら、その女の子も、ここだけの話よ、って誰かに打ち明けて、そうやって伝言ゲームが果てしなく繰り返されて、気がついたらあら不思議、秘密はぜんぜん秘密じゃなくなってた」

「知らなかった、ぜんぜん……」

ショックだった。みんなあのことを知っていたんだ。そのことをぼくだけが知らなかった。こういう感情ってなんだろう？　思わず大声で叫び出したくなる。誰よりもモモだけには知られたくなかった。でも、どうしてだ？　よくわからない。

彼女は黙り込んだぼくの手をそっと握りしめた。

「強くなりなよ。こんなのどうってことないんだからさ」

たしかに、モモに比べればこんなのどうってことない。だって、噂されてるのは、ほんとのことなんだから。お尻が風船みたいに軽い女の子のように言われるよりは、ずっとましだ。彼女はじっとそれに耐えてる。

「転入してきたとき、親切にしてくれたんだ」とぼくは言った。

「だから、そのお礼に『マンハッタン』って映画のビデオを彼女にあげたんだ。ちょっとだけ、あの中に出てくるトレーシーって子に彼女が似てたから。それだけだよ」

「知ってるよ。ヘミングウェイの孫でしょ？」

「そう、文豪の孫娘」

彼女は繋いでいた手を解くと、大きく背伸びした。

「きれいな子だよね」

「モモほどじゃないけどね」

あらそう、と彼女は言った。

「ありがとう」

パニックはすみやかに退《ひ》いていった。モモがもたらし、そしてモモが鎮めてくれた。なんだか、心理カウンセラーの荒療治みたいだ。別のタイミングで別の人間から聞かされたら、もっとこじらせてたかもしれない。

「やっぱり、『マンハッタン』が好きなの？」

「まあね」とぼくは言った。

「でも、ウディなら『アニー・ホール』のほうがだんぜん好きだな」

「ふうん」と彼女は言った。

「他には？　どんな映画が好き？」

「ううん、古いのだと『麗しのサブリナ』とか『アパートの鍵貸します』とか。ああ、それにもちろん『ローマの休日』、『小さな恋のメロディ』も好きだよ」

「とことん恋愛体質なのね」

「どうかな？　観るのは好きだけどね」

「するのは苦手？」

「わかんない」とぼくは言った。

「耳年増っていうのもやっかいだよね。きらびやかな恋愛ばっか観てると、理想ばかりが高くなってく」

「映画みたいな恋がしたい、ってやつ？」

「なんか、そう言うと女の子みたいだけどね。うん、でも、そうなのかも」

「悪くないんじゃない？」とモモは言った。

「そういうのもさ」

モモは？　とぼくは訊いてみた。

「そういえば、まだこの話はしてなかったな。モモの恋愛観」

「さあてね」と彼女は言った。

「どうなんでしょうね」

「やっぱり、お兄さんが理想の恋人？」

「ジュン兄か……」とモモは呟くように言った。まるでひとごとみたいに。

「あんだけ、ハイレベルの男性がそばにいたんじゃ、ハードルめちゃくちゃあがっちゃうよね」

「かもね」と彼女は言った。

「ああ、だから……」

「なに？」

みんなが、モモが年上の男たちと付き合ってるって噂してるのは、それが理由なのかも。もしそれがほんとなら、わかる気もする。同年代の男なんて、まるっきり子供にしか見えないだろうからね。

「なによ?」とモモがまた訊いた。

「いや、なんでもない」とぼくは答えた。なんか、このことは言わないほうがいいような気がした。たんに、知りたくなかっただけなのかもしれないけど。

「そういうのって気持ち悪いよ」

「いや、なんかさ」

「うん」

「モモはお兄さんに失恋したのかな? って」

ああ、とモモは言った。

「前にも言ったけど、そういうのとは違うんだよね、わたしたちの関係って。もちろん寂しいけどさ、でも、ジュン兄の恋は祝福してるよ。本気で嬉しいもん」

「そうなんだ」

「そっ、わたしはものわかりのいい妹なの。以上、おしまい」

「うん、わかった」

それからぼくらは服が乾くまで歌を唄ってすごした。

ぼくがビージーズの「Melody Fair」を唄うと、モモはザ・スミスの「Sheila Take a Bow」を唄った。意外なほど幼い声だった。ちょっと掠れたチルディッシュボイス。

なんだかうっとりしてしまった。

ありのままに生きたいと思うのは悪いこと？
いや　悪くなんかない　でもわたしは知らなくちゃ
どうして　あんなに若い子が
こんなにも悲しい歌を唄うのか

シーラ　シーラ　お辞儀をし
世の中の汚れた股間を蹴り飛ばせ
そして　今夜は家に帰るな
外に出て　君が愛し愛される誰かを見つけるんだ
君が愛し愛される誰かを

そしてぼくらは、ふたたび舟を漕ぎ出し、ふたりだけの孤島をあとにした。
これが、ぼくの十五の夏休みの終わりに起きた出来事のすべてだ。
望みうる限り最高の、まるで映画のような一日だった。

## 22

二学期が始まった。

ぼくらは学校では互いにまったく知らないふりをした。ゴシップゾンビたちに喰《く》われないための迷彩だ。

インタビューも一時中断して、まずは久しぶりの学校生活に意識を集中させた。あの四十日間とは、なにもかもがあまりに違いすぎたから。

彼女はいつものリッチで気前のいいクイーンへ、ぼくは地味で無害な映画マニアの男子生徒へ。

数日も経《た》つ頃には、モモと一緒にすごしたあれやこれや、そのすべてが、まるで夢のように思えてきた。自分の記憶がどうにも信じられない。

だって、あのモモがだよ？　とぼくは思った。このぼくと、あんなことや、こんなこと。

繋いだ指の冷たい感触、薄桃色のワンピースを透かして見えていた彼女のカタチ、鉱物顔料の香りにほんの微《かす》かに混じる甘い髪の匂い、etc……。

これはきっと脳内映画のワンシーンなんだ、とぼくは思った。そう思うことにした。でないと頭がへんになる。どうにも調子が狂ってしまう。

彼女はすんなりとあるべき自分の姿に戻っていった。擬態だ。いろいろと知ってから学校でのモモを見ると、いかに彼女がすぐれた女優かってことが、ほんとによくわかった。すごいな、女優のDNA。

モモは俗やエゴを嫌悪しながら、それを迷彩服のように纏ってる。徹底して矛盾してるんだ（ジュン兄は正しい）。

自分でも言ってたけど、こういった歪みすべてが癖になってる。無条件反射のように、カチリとスイッチが入って、彼女は一瞬でクイーンの顔になる。

取り巻きの女子生徒たちとセレブリティーのゴシップやコスメティックの話で盛り上がり、毎日のようにやってくるJGやR2には余裕の笑顔でバリアを張る。

そこにはあのアトリエで創作に没頭する彼女の姿はない。身を守るため、敵をつくらないため、孤立しないために彼女は学校という舞台で危うい踊りを踊り続ける。

一度履いたらけっして脱ぐことのできない赤い靴。これって、ほんとにやっかいだ。だって、踊《や》りを止めたいと思ったら、とんでもない代償を払わなくちゃいけないんだからさ。

たまに、ちらりと目が合うことがあったけど、モモはすましたものだった。たとえ舞台裏を見られても女優は女優。ちっとも悪びれたりなんかしない。

みんなに、あのルシファーを見せてあげたかった。

これ、モモがつくったんだよ。すごいよね！　って言ってやりたかった。そしたら胸がすっとするだろうな。

でも、きっとモモにはパンチ喰らっちゃうだろうけどね。

23

菊池サユリのことも書いておこうと思う。けっこう、これって大事なことだ。

お母さんがあんなことになって、もしかしたら国に帰っちゃうのかな？　って思ってたんだけど、彼女は二学期の初日からちゃんと登校してきた。

すごく悲しそうな顔をしてた。きっとつらいだろうな、とぼくは思った。食事はちゃんととれてるんだろうか？　お母さんとふたり、タイムセールのアジフライを買ってた姿を思い出す。

バッシングはまだ続いていた。みんな彼女に触れないようにしてたし、言葉を交わそうともしなかった。

ちらちらと彼らの言い分も耳に入ってきた。

毎度のことだけど「正義は我に有り」ってことらしい。いけないのは菊池サユリのほうで、自分たちは正しいことをしているだけなのだと彼らは言い立てていた。

顔が違う。しゃべり方が違う。自分たちと似ていない。それが彼らにはどうにも許せないらしい。

これは間違ったことだ、と彼らは言う。仲間サイコー。仲間でないやつは悪者。悪者には罰を！　誰もがそんな集団主義的ストーリーに酔いしれてる。オスザルの暗い本能だ。もしかして、ジェダイが言うところの「ダークサイド」ってやつも、このマッチョな本能のことなのか？

彼女がいることで、学級内の「効率」がいくらか悪くなったことはたしかだ。彼女はまだぼくらほどうまくしゃべることができなかったし、知らない言葉だっていっぱいあった。それに、ぼくらが当たり前のようにしていることができなかったりもする。

でもその拙さや無知を責めるのはあまりに心が狭すぎる。優しくないし、ある意味せっかちだとも思う。

みんな母親の大らかさを少しは見習ってほしい。長い目で見れば、違っているところにこそ、大きな可能性があるんだってことに気付くはずなのに。でも、マッチョでせっかちなオスザル的人間たちは、ぜったいにそんなふうには考えない。

## 24

九月のある夜、母さんから電話があって食堂まで来るように言われた。あまった（というより、古くなった?）食材がもらえるっていうんで、荷物運びとして呼ばれた。

食堂までは工場沿いの細い裏道を使った。一方がコンクリートの高い塀で、もう一方は畑や空き地になっている。外灯はなく舗装もされてない。工場から漏れてくる光が、ぼんやりと足元を照らしている。あまりにも侘《わび》しすぎて痴漢さえ寄りつかない。でも、表通りを行くよりも、こっちのほうがだんぜん早い。

あともう少しで通りに出る、ってところで前方から大きな声が聞こえてきた。道がカーブしているので姿までは見えない。

「だから、『ポセイドンのめざめ』っていうのは誤訳なんだよ」

このでっかいしゃがれ声。聞き間違えようがない。飛男だ。

「航路って意味の『wake』を目覚めって訳したもんだから、こんな題名になっちまったんだ」

「じゃあ、ほんとは『ポセイドンの航路』？」

思わず声を上げそうになった。

モモだ！

なんでこんなところにふたりが？　慌てて空き地のやぶに身を隠す。堂々とふたりを待つという選択もあったけど、なぜかぼくは隠れるほうを選んでしまった。このへんがぼくの弱さだ。ライオンではなくウサギの本能。

「いや、直訳すりゃ『ポセイドンの航路の中に』だから、『ポセイドンを追いかけて』とか、そんなふうになるんじゃねえの」

「へえ、そうなんだ」

「いい歌だぜ」

そう言って飛男が出だしの数フレーズを口ずさんだ。ぼくはますます身体を小っちゃくして、ふたりが通り過ぎるのを待った。じっとしてれば絶対見つからないはず。

やがて彼らが道の向こうから姿を現した。ふたりとも黒っぽい服を着て、顔の部分だけが鬼火みたいにふんわり闇に浮かんでる。

彼らは並んで歩いていた。距離はどうだ？　腕を組んだりはしてない？　ここからじゃ暗くてよくわからない。

「でも、飛男って意外だよね。プログレなんてさ」

「いやいや、意外なのはそっちでしょ。ほんと、やばい女だよな」

「なによ、それ？」

「褒め言葉だよ。最大級の」

モモが嬉しそうに笑った。なんでだ？　なんで喜ぶ？

「飛男がいて、ほんとよかったよ」とモモが言った。

ふん、と飛男が笑った。

「そうかい？　ありがとよ」

そしてまた飛男は「ポセイドンのめざめ」（あるいは、「ポセイドンを追いかけて」）を口ずさみ、それに合わせてモモがてきとうなハミングを重ねた。なんか、すごくいい感じだった。湖畔のコテージで盗み見たときと同じだ。

ふたりは付き合ってる？　ぜんぜんそんな噂聞いたことない。でもこの感じ、この気易《きやす》さ。すっかり打ち解け合ってる。

ああ、それに飛男って歳の割には大人びて見えるぞ。思春期の青さや甘さがまったくなくて妙に渋いんだ。おまけに顔だっていいし。なんたってリバー・フェニックスなんだから。

彼らは行ってしまった。やぶから出ると、ぼくは闇の向こうに視線を向けた。もうなにも見えない。声も聞こえない。耳に残るはモモのうれしそうな笑い声ばかり。

はあ、と大きく溜息を吐く。不愉快だった。前よりも、もっと不快指数が上がってる。ちょっと憤ってもいた。

なんだよ、と呟く。ちぇっ、と舌打ちもしてみる。ちぇっ、ちぇっ！　けれどちっとも気は晴れない。

ぼくは足元の空き缶を蹴飛ばした。缶は工場の塀に当たって安っぽい哀れな音を響かせた。

なんだかハズレの鐘の音を聞いたような気がした。

## 25

食堂に着くと、意外な人物がいた。

「あれっ、菊池さん？」

「ども」と彼女は言った。

「こんばんは」

私服の彼女は学校とは違って、可愛さが五割ぐらい増して見えた。オレンジ色の長袖Tシャツに濃紺のミニスカート。彼女の脚ってこんなに細かったっけ？　とぼくは思った。

「どうしたの？」とぼくは訊ねた。

「うん……」

そこへ母さんがやってきて、ぼくに白いビニール袋を手渡した。

「はい、これ」

「うん」

今夜からね、と母さんは言った。

「菊池さんのお母さん、この食堂で働くことになったの」

「あ、そうなんだ」

よかったね、と声を掛けると、菊池さんは、少し照れたような顔をして、ありがと、と言った。

「サユリちゃんはここでお夕飯食べて、これから帰るとこ。お母さんの方はまだもうちょっと働いていくから、途中まで送ってってあげて」

「うん、いいよ」

店内を見渡すと、せわしなく行き来する仲居さんたちの中に彼女の母親の姿が見えた。店は工場の従業員たちでかなり混雑していた。母さんもすぐにまた厨房《ちゆうぼう》に戻っていった。

「じゃあ、行こうか？」

「うん……」

彼女もでっかいビニール袋を抱えていたので、ぼくが持ってあげた。菊池さんが相手だと、こういったことがすんなりと自然にできる。誰かさんとは違うよな。

店の外に出ると、すぐ前の歩道に彼女の自転車が駐めてあった。例の吊し刑にあった気の毒なあいつだ。ぼくは自転車の荷台に彼女のビニール袋を載せると、それをゴムバンドでしっかりと固定した。

「ありがと」と彼女が言った。すごく控えめな口調だった。ほんと、誰かさんとは違うよなあ。

自転車を押す彼女と、分かれ道が来るまでしばらく並んで歩いた。

「お母さんの具合どう？」とぼくは訊ねた。

「働いて大丈夫なの？」

「うん」と言って、彼女は小さく頷いた。

「もう、へいきです」

「そう、よかったね」

なんだろう？　この胸にしみじみとくる感じ。揚げ足取られる心配もない。ほんと、誰かさんとは……。

「なんか、してほしいことがあったら言ってよね」とぼくは言った。

「勉強を教えるとか、家の手伝いを手伝うとかさ、ぼくにできることがあればなんでも」

そしてすぐに、あ、でも、と慌てて言い添える。

「英語以外はどれもあんまり得意じゃないんだ。だから、たいしたことは教えてあげられないけど」

彼女がくすりと笑った。

ああ、とぼくは思った。彼女、こんなふうに笑うんだ。

宵闇にぽっと小さな白い花が咲いたような、そんな控えめで愛らしい笑い方だった。

「ありがと」と彼女が言った。

「とても、うれしいです」

## 26

次の日の放課後、玄関に向かう階段の踊り場でモモから声を掛けられた。

「今日の夕方どう？」と彼女が声を潜めて言った。たまたままわりには誰もいなかったけど、これって、けっこう大胆な行為ではなかろうか？

「ママ、なんとかっていう代議士さんのチャリティーパーティーで出掛けちゃうの」

「いや」とぼくは言った。これまた一種の無条件反射だ。ぼくは天邪鬼《あまのじゃく》モードに入っていた。

「用があるんで行けない」

ちょっとつっけんどんになった。かまうもんか。

モモが訝《いぶか》るような目でぼくを見た。なにかを言い掛けたけど、背後から生徒たちの声が聞こえてきたので、彼女はそのまま行ってしまった。

ぼくは踊り場に立ったまま、モモが消えていった薄暗い空間を見つめていた。女子生徒がふたり、おしゃべりをしながらぼくを追い越していった。ふたりは階段を下りきったところで振り返り、ちらりとぼくを見ると、おでこをぶつけるようにしてクスクス笑い合った。

ふん、とぼくは思った。なにがおかしいんだよ。

いっそう不機嫌になったぼくは、ひとりぶつくさ言いながら上履きをスニーカーに履き替えグラウンドに出た。

校門に向かう通路の脇が軟式テニスのコートになっていて、早くもクラブ活動の連中が声を出し合っていた。歩きながらぼんやり眺めていると、ボールが大きく跳ねてぼくのところまで転がってきた。なにげなく拾い上げると、スイマセーン、と明るい声が上がった。顔を上げ声の主を見る。

あっ、と思った。ぼくの憧れのひとだ。香川ユカ。ぼくから「マンハッタン」のビデオをプレゼントされたことで有名な女の子。

「あら、佐々くん」と彼女はぼくに走り寄りながら言った。白いテニスウェアが眩しい。明るい栗色の髪が秋の日差しにきらきら輝いている。

「もう帰り？」

「うん、別にクラブ入ってないし」

「わたしもほんとはもう引退なの。でも、身体動かしたほうが勉強はかどるから」

「わあ、まじめだね。私立狙ってるの？」

「ううん」と彼女はかぶりを振った。

彼女の狙いは超難関の県立高だった。そう、彼女は優しいだけじゃなく勉強もできるのだ。

「すごいなあ」とぼくは言った。

「がんばりなよ」

「うん。佐々くんは？」

「ぼくはみんなと一緒。高望みはしないんだ」

「それもいいよね」と彼女は言った。

「寂しくなくて」

うん、とぼくは頷いた。

「そうかもね」

じゃあね、と彼女は手を振りコートへ戻っていった。

無邪気だなあ、とぼくは思った。彼女はいいお母さんになるタイプだ。元気がよくて朗らかで、それに面倒見だっていい。一年生のときは、彼女にずいぶん助けられた。彼女はぼくに優しくしてくれた。勘違いしてしまうほどに。

彼女が誰にでも優しいって気付いたのは、もうちょっとあとになってからのことだ。

あれは初恋だったのかな？　よくわからない。でもいまは、こんなふうに彼女としゃべっても、ぼくは少しも取り乱したりなんかしない。余裕で会話を楽しめる。

あの感情がなんだったにせよ、ぼくはもうそれを卒業したみたいだ。

いまのぼくを混乱させる女の子はただひとり。

MM。

彼女なんてイニシャルでじゅうぶんだ。

ああ、でもこのイニシャルってまさに男たちを惑わせる女優の典型だよな。いわゆるダブルイニシャルってやつ。MM、BB、それにFFもそう（誰だかわかるかい？）。いかにも彼女らしい。

MMと一緒だと、ぼくはまったく余裕でいられない。取り乱し、舞い上がり、彼女のなにげない仕草や言葉で青くなったり赤くなったり。鼻血で真っ赤に染まったことだってある。

なんか、これまでの人生と同じだけの感情を、たった四十日間で絞り出されたような気分だ。

まいったなあ、とぼくは思った。

# 27

驚きの噂が立ち上った。

ぼくと菊池サユリは付き合ってるらしい。ビデオ贈与事件以来のスクープだ。

火種はあった。つまりこれはまったくのデマというわけではなく、事実の悪意的曲解というやつだ。

あの夜以来、ぼくと菊池サユリは食堂でひんぱんに顔を合わすようになった。

そこには母さんたちの企《たくら》みめいた思いもあったような気がする。

菊池さんがあの食堂を訪れたときは、たいていぼくも呼び出されて、ふたりで一緒に夕飯を食べた。麻婆《マーボー》豆腐定食とか、鯖《さば》の煮付け定食とかそんなやつ。

食堂のオーナー（母さんの友達の幼馴染み。「ニュー・シネマ・パラダイス」のアルフレードによく似た優しいおじさん。ぼくは密かに彼のことを「アルおじさん」って呼んでいた）は気前がよくて、すべてが無料のディナーだった。しかもすごく美味しい。

彼女との会話も楽しかった。控えめではあるけれど、彼女は彼女なりに思春期の最中《さなか》にあって、いつだって瑞々《みずみず》しいオーラみたいなものを放っていた。

「いつか花屋さんではたらきたいです」と菊池さんは言った。

「花が好きなの？」

うん、と彼女は頷いた。鯖の身を骨からきれいに取り分け、そっと口に運ぶ。

「ユリとか、カスミソウとか。それにツユクサ、スズラン、ホタルブクロ……」

「すごく詳しいんだね？」

彼女がクスリと笑った。

「ふつうよ。わたしくわしくないです」

「そうかなあ？　ぼくなんかヒマワリとアサガオぐらいしか知らないけど」

そのとたん彼女が吹き出した。咳き込んで、慌てて口を押さえる。

「大丈夫？」と訊くと、菊池さんは小さく頷いた。

「それは」と、ようやく落ち着いてから彼女が言った。

「佐々くん、しらなすぎです。おどろいて、わたし笑っちゃった」

「ああ」とぼくは言った。

「ごめん、ごめん」

そしてまたふたり笑い合う。

なんか楽しいぞ。

もしモモが相手だったら、ここで一発、鼻の頭に指フックが飛んでくるところだよな。でも菊池サユリは、けっしてそんなことはしない。すごく素直でいい子だ。少しも歪んでない。


この光景はオープンにされていたから目撃者は大勢いた（町の食堂に「VIPルーム」なんてそうはないからね）。たいていは工場の従業員で、その子供たちの多くがぼくらが通う中学の生徒だった。つまり、噂が立つのは当たり前だった。それに驚くなんて、ぼくはあまりにウブすぎた。


教えてくれたのは、クラスでもあまり目立たないSFマニアの男子生徒だった。眼鏡を掛けていて耳がすごく立ってる。ぼくらはごくうすい仲間意識で繋がっていた。「気をつけたほうがいいよ」と彼は言った。朝のホームルームが始まる少し前のことだ。

「きみはいま、かなり危ないところにいる」

なんだかスパイ映画のような口ぶりだった。彼は怯《おび》えていた。まわりを気にしながら、素早く四つ折りにしたメモをぼくに手渡す。

「読み終わったら燃やしてくれ」
そう言って彼は立ち去った。

メモにはこんな言葉が書かれてあった。

きみと菊池サユリが付き合っているとみんな噂している。出所は複数ある。きみたちは深い関係で結ばれてるんだそうだ（実際の表現はもっと下品で直接的だけど、ぼくはそんな言葉は使わない）。

うわさ①
きみたちが、あのつぶれた遊園地のコーヒーカップで裸で抱き合っているのを見たという証言がある。いや、回転木馬の上で「やっていた」と言う人間もいる。ここでもまた、もっとひどい表現が使われていたけど、ぼくの権限でそれらの言葉はカットした。この噂を好んで口にするのは主に男子生徒たちだ（あいつらほんとにクダラナイ）。

うわさ②

きみが菊池サユリの父親を「匿《かくま》っている」という噂もある。彼女の父親はなんと脱獄犯なんだそうだ。娘を追って海を渡ってきたらしい。彼はあのつぶれた遊園地のどこかに隠れている。きみは彼にヤスリと食料を手渡し、その見返りとして菊池サユリからある種の「奉仕」を受けたということになっている。
この出典は間違いなく『大いなる遺産』だよね。夏休みの課題図書だったし。言いふらしたやつの目星もついてる。たぶん、きみも知ってる「あいつ」だ。

うわさ③
きみと菊池サユリのふたりが稲荷《いなり》神社の賽銭《さいせん》を盗んでいる、という噂もある。けっこうこれは広く口にされている。目撃者も多い。ここでも、ふたりが境内でばちあたりな行為をしていたという話がついでのように言いふらされてる。いわゆる尾ひれってやつだ。あいつらってほんとに好きだよね、この手の話が。
言うまでもないけど、ぼくはそのどれも信じていない。だって、わかるんだから。ぼくにはたぶん特別なセンサーがあるんだと思う（このことは秘密だ）。

きみたちの健闘を祈る。

フォースとともにあらんことを。

ちょっと解説しておくと、「あのつぶれた遊園地」っていうのは、町の外れにある廃墟《はいきょ》になったレジャーランドのことで、閉鎖されてからすでに十五年ぐらいが経ってる。ホラー映画のロケをしたら、かなりいい絵が撮れそうな場所だ。

ここにまつわる噂は多い。たいていは下品なものだけどね。でも、ロマンチックな伝説も少なからずあって、それに憧れてる女子生徒たちもたくさんいる。

なんでも、この遊園地の特定の場所でキスをすると、そのカップルはたとえ離ればなれになっても、いつかまた再会できるんだってことだ。

たしかに、ロマンチックだけど、実際その御利益っていかがなもんなんだろう？

噂は噂。真に受けてはいけない。

「きみも知ってるあいつ」が誰なのか、ぼくには分からない。思い当たる人間が多すぎる。なんとなくR2がこんなことを言いそうな気もするけど、自信はない。

稲荷神社の件は大いに思い当たる。じっさいふたりで何度かあの神社にお参りした（帰り道の途中にある）。

菊池さんのお母さんの体調がすっかりよくなりますように、とか、彼女の夢がかないますように、とか、そんなことをぼくはお願いした。自分のことは願わなかった。ちょっと混乱してて、なにを望んでいいのか自分でもよくわからなかった。

メモを読み終えたぼくは、こりゃすごいや、と思った。これでぼくも立派な有名人だ。当然だけど、このことは菊池さんには言わなかった（メモは言われた通り燃やしてしまった）。

こんなふうになって申し訳ないなと思ったし、もっと気をつけなくちゃいけないぞ、と自分を戒めもした。彼女はあまりにホットな存在だった。うかつな行動がざっくり傷を広げる。

28

予測できたことだけど、しばらくすると今度はぼくもクラスメートたちから無視され、バッシングされるようになった。毎日、机の中にひどい言葉が書かれたメモが放り込まれるようになった。そのほとんどは「おまえのかあさんでべそ」的な、どうにも幼稚なものだったけど、なかには巧みな言葉でぼくをぼっこりへこませるような、スタンガンレベルのメモもあった。

なるほど、こんな感じなのか、とぼくは思った。ずいぶん思い違いをしていた。

これって、めちゃくちゃしんどいじゃん！

疲れるし、傷付くし、わけのわからない奇妙な消耗の仕方をする。いやな汗が出て、口の中に苦い味が広がる。まるで、心が目の粗いヤスリでゴリゴリと削り取られていくような気分だ。菊池さん、よく堪えていたな。

なんか、はじめてモモの迷彩のわけがわかったような気がした。彼女はきっと、こんなことを何百万回も繰り返してきたんだ。

モモとは教室で何度か目が合ったけど、お互い素っ気ないものだった。

彼女はこの噂をどう聞いてるんだろう？　とぼくは思った。

ほとんどはバカみたいなデマだけど、「付き合ってる」って部分だけは、それなりに説得力がある。

ぼくは彼女にどう感じてほしいんだろう？

なんだか、こういうふうに言うと、どこかひとごとみたいに聞こえるけど、でも、ほんとに分からない。自分のことなのにさ。ここんとこずっとそんな感じだ。

29

そんなこんなで十月になった。

さすがに痺《しび》れを切らしたのか、ある日の夕方、アパートにモモから電話があった。

「今夜会えない？　インタビューまだ残ってるでしょ？」

残ってる。聞きたいのは「モモの中学時代」。つまりは、いまの彼女の話だ。

「そうなんだけどさ」とぼくは言った。

少しもつっけんどんじゃなかった。なんか、自分に負い目（負い目ってなんだ？）があると、つい低姿勢になってしまう。

「夜は用事があって」

「菊池さん？」

「違うよ」

モモはこの件を避けて通るつもりはないらしい。

「母さんが働いてる食堂に行くんだ。夕飯そこで食べるから」

「ふうん」と彼女が言った。含みのある声だ。まあ、たしかに食堂に行けば、たぶんそこには菊池さんがいて、ぼくらはそこで一緒に夕食を摂《と》るわけだけど。でも、これって「菊池さんに会いに行く」ってこととは違うよね？

「まあ、いいけどさ」

「もう、行かなくちゃ」とぼくは言った。

「そんなに、お腹空いてるの？」

「まあね。育ち盛りなんだ」

「わかった」とモモは言った。

「じゃあね」

そこで電話は切れた。なんだかわからないけど、背筋がひやりとした。

食堂に向かう途中、工場の正門前を通ると、またデモをやっていた。例の無言の行。でも確実に人数は増えてる。彼らが掲げるプラカードにはあちこちに「菊池」の文字が躍っていた。

「菊池社員の不当解雇に断固抗議する！」とか「菊池さんを工場に戻せ！」とか、そんなの。どうやら彼女は、このデモのシンボルに祭り上げられてしまったようだ。

本人はどう思っているんだろう？　菊池サユリへのバッシングって、このことと関係ないよね？　ちょっと気になる。

食堂に着くと、ぼくはすぐに奥の部屋に通された。新しく設けられた「ＶＩＰルーム」だ。食堂の従業員さんたちの休憩室みたいなところで、入るとアルおじさんが丸椅子に座ってタバコをふかしてた。菊池さんもすでに来ていて、奥のテーブルに座って本を読んでる。

「やあ」とおじさんは言った。

「来たな」

「こんばんは」

「今夜はハンバーグ定食だ」

「ほんと？」とぼくは言った。ハンバーグは大好きだ。

「ああ、待ってな、いま持ってきてやるから」

「ありがとうございます！」

ぼくは菊池さんの向かいに座ると、やあ、と声を掛けた。

「こんばんは」と彼女は言った。

「ハンバーグだってさ」とぼくが言うと、彼女はにっこり笑った。

おじさんが料理を運んできてくれると（なんとハンバーグの上に目玉焼きが載っていた！）、ぼくらはさっそく食事に取り掛かった。ものすごくお腹が空いていた。育ち盛りなんだ。

しばらく前から、こんな感じになっていた。ぼくが母さんに「学校で菊池さんとのこと冷やかされて恥ずかしいよ」って言ったら、おじさんが気を遣って、こんな形にしてくれた。帰りも別々にしている。どれだけ効果があるかは分からないけど。ひどい噂《うわさ》のことやバッシングのことは母さんには内緒にしておいた。ぜったい心配するだろうから。ただでさえ気苦労の多い母さんに、これ以上負担を掛けたくなかった。

ちょっと迷ったんだけど、来るときに見たデモのことを菊池さんに言ってみた。

「お母さんのことがプラカードに書かれてあったよ」

知ってます、と彼女は言った。

「お母さん、すこしこまってる」

「そうなんだ」

うん、と彼女は頷《うなず》いた。頬に掛かった髪を指で耳のうしろにかき上げる。なんか色っぽい。

「あんまり、目立ちたくないって」

「かもね。その気持ち、よくわかるよ」

注目されるってほんと疲れる。ひとの視線てテーザーガンの針みたいにブスリと肌に突き刺さって、その人間を麻痺《まひ》させてしまうんだ。とびきり厚ぼったい皮膚の人間だけがこれに耐えられる。

「さっき、なんの本読んでたの？」って訊《き》いたら、彼女が表紙を見せてくれた。

『アンデルセン童話集』。小学校高学年向けって書かれてある。

「これでべんきょうしようと思って」

「へえ、そうなんだ」とぼくは言った。

「いいね」

「『にんぎょひめ』のおはなし」と彼女は言った。

「とてもかなしいね」

ああ、とぼくは呟《つぶや》いた。

「そうだね、あれは悲しい……」

故郷の海を捨て陸に上がった人魚姫。彼女は愛を求めてた。

菊池さんはまるで、声を失った人魚姫のようだ。ここでは彼女の国の言葉は誰にも通じない。王子（って誰だ？）は彼女に気付けるのか？　まさか彼女、泡になったりしないよな？　『マッチ売りの少女』だけは読まないでほしい。あまりに切なすぎるから。そういや、『赤い靴』もアンデルセンだったな。

30

アパートに戻ると、モモが階段の下でぼくを待っていた。すごくびっくりしたけど、ぐっとこらえて平静を装う。

彼女はざっくりした真っ赤なセーターを着てチェックのキュロットパンツを穿《は》いていた。いつ見ても様になってる。そして、まったくこの場所にそぐわない。すごいミスマッチだ。

「いま、お帰り？」と彼女が言った。トゲのある声だった。

「来るなんて言わなかったよね？」

「まあね」とモモは言った。

「でも、なんとなく来たほうがいいかな、と思ったから」

「へえ、そうなんだ」

「うん」

「よくこの場所わかったね？」

「まあ、住所見て、なんとか」

「そう……」

なんで彼女来たんだろう？　わざわざこんなボロっちいアパートにさ（ほんとボロくて汚いんだ。モモにはあんまり見せたくなかった）。

あれこれ考えを巡らせてみるけど、思いつく理由はどれもあまり愉快なものじゃなかった。あの夜に見たふたりの姿がどうしても気になって、ついひがみっぽくなってしまう。

勝手に拗《す》ねて黙り込んでいると、モモが「ねえ、ジロ」ってぼくに声を掛けた。

「うん？」

「大丈夫？」

優しい声だった。

「なにが？」

「学校であんな目に遭ってさ」

「ああ、そのこと……」

この不意打ちにはホロッときた。そういうことか。

彼女の気遣いが嬉《うれ》しかった。モモはときたま、こんなふうにマドンナ的温情でもってひとの心をとろけさすことがある。

ぼくは苦しい胸のうちを彼女にすっかり打ち明けてしまいたくなった。大丈夫じゃないよ。すごくつらいんだ……。

言葉はのど元まで上がっていた。なのに、なにかがそれを邪魔していた。

天邪鬼《あまのじやく》モード。スイッチをオフにしたいのに、それがどこにあるのか見つからない。

ふいに飛男の声が頭の中で響いた。

「ほんと、やばい女だよな」

そして、モモのうれしそうな笑い声。

「飛男がいて、ほんとよかったよ」

ヨカッタヨ、ヨカッタヨ、ヨカッタヨ……。

「大丈夫さ」とぼくは言った。

「あのぐらい、なんてことないよ」

モモの雰囲気が変わるのがわかった。オーラの色とでもいうか、それが青から赤へ。

「そうなんだ」と彼女は言った。

「じゃあ、こんなのよけいなお節介だったね」

「いや、そんなことはないけどさ」

彼女はつまらなそうに肩を竦《すく》めた。

それで？　と彼女は言った。

「インタビューのほうはどうするの？」

「もちろん」とぼくは言った。

「続けたいよ。だって仕事だからね」

とげとげしい自分の言葉で口の中を切ってしまいそうだ。ぼくはこういったことに慣れていない。

「でも、それには」とぼくは言った。

「まずは、お互いの信頼関係を回復させなくちゃね」

「どういうこと？」

「前にも言ったよね。『素顔のままで』って」

「ああ、そうね、覚えてる」

「そしたら、モモは『そのつもりだけど？』って答えたんだ」

「かもね。だって、その通りだから」

「でも、ほんとは違うよね」

モモは黙ってぼくの目を見た。サイクロップス並みの強烈な視線だった。

「なにが言いたいの？」

「モモがぼくに隠し事をしているかぎり、信頼関係を築くのは無理だってことさ」

「隠し事？」

「そう、八月頃かな？　いや、もっと前からだったのかもしれない。モモはぼくにすべてを語るふりしながら、ずっとそれを隠してたんだ」

自分から飛男の名を口にしたくはなかった。彼女ならこれでわかるはずだ。

モモの表情が変わった。あきらかに動揺している。

「なんで知ってるの？」

「なんでって」とぼくは言った。

「あいにく、ぼくにも目と耳はあるからね。そりゃ、いろいろと情報も入ってくるさ」

彼女はなにも言わなかった。地面に視線を落とし、じっとなにかを考えてる。すごく不気味な沈黙だった。息が詰まりそうだ。

やがてモモは顔を上げると、囁《ささや》くような声でぼくに訊《たず》ねた。

「もしかして、飛男がなにか言ったの？」

心臓が奇妙なステップを踏んだ。フォックストロットとかそんなやつ。

「いやなにも」とぼくは即座に答えた。事実だし。

「じゃあ、なんで?」

「言いたくない。黙秘権を使う。それってお互い様だよね?」

なんかますますひどくなってきた。モモが飛男の名を口にしたことで、さらに新しいスイッチが入ってしまったみたいだ。

「ふたりで、『お題当てクイズ』でもやろうか?」とぼくは言った。

「思い切り遠回しなヒント出し合ってさ」

「拗ねないでよ」とモモが言った。

「わたしにだって言えないことはあるわよ。それに、これって『伝記』とは関係ないことだし」

「モモのことで『伝記』と関係ないものなんてひとつもないよ。けっきょくモモは、自分に都合のいい姿だけを見せたいんだ」

「どういうことよ?」

「『伝記』向けの自分だってことだよ。モモは寂しがり屋なんだよ。パパやママが忙しくて、ほんとは受け取るはずだった愛をもらえなかったから孤独を恐がるんだ」

「知ったように言うのね?」

「ようく知ってるよ。もしかしたらモモ以上にね。お兄さんに恋人が出来て、ますます寂しくなったモモは、それを別の誰かで埋めようとしたんだ」

「別の誰か？」

「年上の男たちだよ。みんな言ってるよね？　ロッカー風だの美大生風だの。あげくのはてには、リバ――」

思い切り頬を叩《たた》かれた。指フックどころじゃなかった。目の前に球状星団が見えるほどの強烈な一発だった。一切手加減なし。

驚いて顔を上げると、モモの目に涙が浮かんでいた。

「わかったよ」と彼女は言った。

「ジロ、そんなふうにわたしを見てたんだ」

「いや……」

すっかり醒《さ》めた。すべてのスイッチがオフになった。

「残念だよ」とモモは言った。

「ジロだけは、わたしのことわかってくれてると思ったのに」

彼女はくるりとぼくに背を向けると、そのまま行ってしまった。

呼び止めようとしたけど声が出なかった。追いかけようとしたけど足が動かなかった。

混乱してた。なにかがおかしい。

ぼくの不当な怒りが、モモを不当に傷付けたんだというシュアな感覚。その根拠はどこにある？　考えろ。この違和感の出所。

モモは泣いていた。すごくきれいな涙だった。ジロだけは、と彼女は言った。「だけ」って言葉には「スペシャル」って意味がある。

ぼくは彼女のスペシャル？　だったら飛男は？　ぼくがふたりに感じた親密さのわけはどこにある？　よくわからない。けっきょくは堂々巡りだ。

なんにしてもぼくは言いすぎた。それだけはたしかだ。想像は想像でしかないのに、真実をたしかめもしないで、それを怒りの口実にしてしまった。想像と噂だけでぼくはモモを傷付けた。あげくに、彼女を裁こうとさえした。ひどいやつだ。自分で自分がいやになる。

それを引き起こしたのは――そう、このさいだから、はっきり言ってしまおう――あの、なんとも忌まわしい嫉妬心ってやつだ。ずっと感じてた不快感の別の名前。

つまりぼくはモモに恋をしていたんだってこと。

どっぷりと首の根っこまでぼくは彼女にはまってた。もう、目を背けるわけにはいかない。

これこそが正真正銘、疑問符なしの、ほんとの初恋だった。

# 31

翌日、学校でモモと顔を合わすのが、とても気まずかった。謝りたいと思ったけど、そのやり方がわからない。これまでの人生の中で、こんなふうに誰かを傷付けたことなんて一度もなかった。本気で誰かに恋をしたことがなかったのと同じように。当たり前だけど、初めてっていうのは、ほんとに難しい。前例ってやつを参照できないから、どうしていいのかまったくわからず途方に暮れてしまう。

教室では、できるだけモモと目を合わさないようにした。うわの空で授業を受けながら、ぼくはずっと、どうすればいいのか考えていた。いままで観《み》てきた恋愛映画を思い起こしながら、ヒントになりそうな場面をリストアップしていく。

でも、やっぱり映画は映画であって、そこには現実ではあり得ないような映画的マジックがふんだんに使われていた。よく出来た偶然。お節介な第三者の絶妙なアシスト。茶目っ気たっぷりな神様の粋な介入、etc……。どれも望めそうにない。

やっぱり王道で行くしかないのか。

きちんと彼女に謝罪する。噂をちらりとでも信じてしまったこと。真実がたとえどこにあろうとも、ぼくはモモの言葉を信じるべきだった。「信頼、信頼」ってやたら連発するくせに、なんのことはない、当のぼく自身が、それを築こうとしてなかった。

思いを告白するかどうかは成り行きに任せる。だって、告白する前に失恋ってことだって大いにあり得るのだから。勇み足で思いを打ち明けて、互いに気まずくなるような真似《まね》はしたくない。


ちらりとだけど、飛男と話すってことも考えてみた。でも、それはすぐに却下された。モモとのことが気になってずっと避けていたら、そのうち飛男のほうでもこっちを避けるようになった。気のせいか、ぼくを見る目には敵意のようなものさえ感じられる。とても声を掛けられる状態じゃない。

やっぱりモモと直接話すほうがいい。あとはそのタイミングだ。できるだけ早いほうがいいのか？　それとも、もう少し待ったほうがいいのか。

そんなことを考えながらぐずぐずしてたら、またもや新たな噂が立ち上り、事態はさらにややこしくなってしまった。

## 32

まあ、危うんではいたけどさ。目と耳を持っているのはぼくだけじゃないからね。モモと飛男。

ある朝登校してみたら、校内はふたりの噂で持ちきりだった。

「真夜中に、ふたりが腕組んで駅前通りを歩いているのを見たわ」とか、「工場裏の空き地でキスしてんのを見たよ」とか、「オレなんか、造成地に乗り捨てられた車の中で素っ裸で抱き合ってるのを見たぜ」とか、あれやこれや、いろいろ。

こういう噂話を聞くのはつらかった。恋するって、こういうことなんだなって思った。すごく感じやすくなってる。いちいち傷付いてしまうんだ。噂は噂でしかないけど、それでもね。

これだけの噂が流れるってことは、きっとふたりは、ぼくが目撃したあの二回だけじゃなく、それ以外にも何度も会ってるってことなんだろう。その事実だけでもけっこうつらい。素っ裸うんぬんっていうのはぜったい信じないけど、でもキスって言葉は妙にリアルで、それだけによけい打ちのめされる。

モモとは話せそうになかった。モモの言葉を信じるべきだって思っても、じゃあ実際彼女はなにを語るんだろう？　って考えると、つい腰が引けてしまう。


この噂によって、校内のトレンドにいくつかの修正が加えられた。

まずは、ぼくと菊池サユリの噂が速やかにフェイドアウトしていった（これも、例のSFマニアの彼が教えてくれた）。ニュース性が薄れたってことなんだろう。菊池さんはともかく、ぼくなんてほんとどうでもいい生徒だから。真の女王と学年一の不良カップルの前にすっかり霞《かす》んでしまったんだ。

これはこれで助かった。いっぺんにあれやこれや抱えたままじゃ、そのうち息もできなくなってしまうから。


あと、女王の基盤がかなり怪しくなり始めた。噂の相手が悪かったのかな？　これがJGなら、みんな祝福しただろうか？　クイーンに相応《ふさわ》しい相手ってことで。

モモと飛男は、いわばこの町の表と裏のような関係にある。彼女は町を事実上支配しているボスの娘で、飛男の父親はそれにたてつく労働者グループのリーダーだ。つまりふたりは禁じられた恋、『ロミオとジュリエット』的な仲ってことになる。どちらの父親も絶対許さないだろうし……。

そこまで考えて、またもやいやな気分になった。だって、これってロマンス映画の常套《じょうとう》じゃないか。障害が大きければ大きいほど恋は燃え上がる。無理解な親に反発してふたりで駆け落ちとかさ。

ああ、なんてことだ……。

話を戻すと、この騒動で何人かの取り巻きが彼女から離れた。みんな工場幹部の娘だった。心を決めかねている様子の女子もちらほら。みんなそわそわと落ち着かない。マナー・ハウスへの招待も以前ほどの霊力を持たない。

相変わらずJGやR2はやってくるけど、彼らの態度は目に見えて横柄になった。こういうやつらって、相手が弱ってくるといきなり足元見始めるんだ。

たとえばこんな感じ。

昼休み、いつものようにR2を引き連れてやって来たJGは、モモの机にどっかり腰を下ろすと「よおー」と彼女に声を掛ける。なんとも失礼なやつだ。それに、どことなくモモを見下してるようなところもある。ほんとヒエラルキーに敏感だよな。

もちろんモモはやつらを無視する。するとJGは彼女にこんなことを言う。

「なんだよ、飛男にはべったりなくせに、オレたちは無視かよ」（いま思ったけど、JGって「ドラッグストア・カウボーイ」のときのマット・ディロンに少し似ている。二枚目なんだけど、とことん危ないやつって感じだ）

それでも彼女が黙ってると、やつはさらに下品な言葉でモモに迫った。

「なあ、あんな貧乏男やめて、オレと付き合えよ。いまさらもったいぶることないだろ？　飛男にしてやったようなことをオレにもしてくれよ」

最低だよね。デリカシーの欠片《かけら》もない。相も変わらず、ほんとにはずさないやつだ。

でも、たまにこう考えることもある。

「もしかして、JGって本気でモモに惚《ほ》れてる？」

ぼくらはあまりにタイプが違いすぎるから、思いの表し方が100万光年ぐらいかけ離れているけど、これだって実は、どんなことしてでも彼女を振り向かせたいという、あいつなりの必死なアプローチなのかもしれない。

だとすれば、ぼくらは同類だってことだ。どっちも同じぐらいこじらせてる。

# 33

そうこうしているうちに、またも次の事件が起きた。

それを語る前に、この頃の工場のことも少しだけ話しておこうと思う。

デモは少しずつ、けれど着実に拡大していた。プラカードには相変わらず「菊池」の文字が躍っていた。それはきっと、菊池サユリの母親がこの国のひとではないからだ。

いわゆるニュースバリューってやつ。他の従業員の解雇よりも、外国人である彼女の解雇のほうが、いろんな面でまわりのひとたちの目を惹《ひ》きやすいからね。デモの人数が増えてくると、工場は警備員の数を増やして彼らを厳しく監視するようになった。

そしたら、案の定小競り合いが起きた。押し合いへし合いの子供のケンカみたいなものだったけど、若い従業員の肘だか肩だかが警備員の顎にあたって、工場はこれを暴行事件と見なした。

さっそく警察が呼ばれて若者が調べられた。

その頃にはもう、工場の正門前にはかなりの人だかりが出来ていた（その中にはぼくの母さんやアルおじさんもいた。ふたりが、このときのことをぼくに詳しく教えてくれた）。あたりは騒然としていた。誰かの連れた犬が猛烈に吠《ほ》えまくっていた。けっきょく彼は無罪放免となった。けれど、この一件によって工場と労働者側の溝は決定的となった。

町全体に不穏な空気が流れ、それは夕立の雨雲みたいに、肌がぴりぴりするぐらい帯電していた……。

そんな中で起きたのが、あの事件だった。

「吊《つる》し刑」。

またもや菊池さんの自転車があの松に吊されたんだ。

今回、自転車は壊されなかったけど、一枚の紙がテープで前カゴに貼られていて、そこには「よそものはでていけ！」って言葉が真っ赤な文字で書かれてあった。

報告を受けた体育の先生が梯子《はしご》を使って自転車を降ろしたんだけど、そのときにはもう、多くの生徒がこれを見てしまっていた。

噂はあっという間に広まった。

当然JGが疑われたけど、彼は「誰かがオレの真似をしたんだろ?」と言って、まったく取り合おうとしなかった。

菊池さんはかなりのショックを受けていた。怯《おび》えていたし、ひどく落ち込んでもいた。

もう、帰りたい、とさえ彼女は言った。

食堂のVIPルームで一緒に夕飯を食べてたときのことだ。

「本気なのかい」とアルおじさんが言った。

彼女は黙って頷いた。

「でもなあ……」

「この国きてから、つらいことばかり」と彼女は言った。

「いじのわるいひと、いっぱいで」

「まあ、そうなんだろうけどさ」

そう言っておじさんは、薄くなりかけた頭をさすった。

「たしかに、ろくでもないやつは大勢いるさ。でもな、人情ってやつもまた、この国の美徳だって言われてるんだぜ?」

「そうだよ」とぼくは言った。

「ぼくらがいるじゃない。きっと、いいことだってあるよ」

菊池さんはぼくを見ると悲しそうに微笑《ほほえ》んだ。

「そですね、ありがとう……」

可哀想《かわいそう》な人魚姫、とぼくは思った。

どうか泡にならないで。いつか、きみの夢がかなう日がきっと来るから。

どうか、それまで諦めないで……。

## 34

願い空《むな》しく、菊池さんへのバッシングはまったく収まる気配がなかった。

「よそものはでていけ！」って言葉が、このバッシングの暗黙のスローガンのようになっていた。

もしかしたらこれって、彼女に「もう、帰りたい」って思わせることが目的なんじゃないだろうか？　ふと、そんなことを思ったりもした。

だとしたら、そこにはやっぱりうしろで糸を引いている何者かがいる。菊池母子《おやこ》の存在を目障りだと感じている誰かが。人間の暗い本能を利用した、真の首謀者たちのずるがしこい策略だ。

最後に得をするのは誰なんだ？　みんなもっとよく考えるべきだよ。


体育祭、文化祭とふたつの大きなイベントがそのあいだに過ぎていった。いくつかの不愉快な出来事があったけど、そのことはここでは語らずにおく。そういうのを知りたがるひともいるけど、ぼくはそうじゃないし、それにやつら、ほんとにくだらないんだ。なんの創意もないっていうか、どれもがみんなどっかからの借り物なんだ。もっと頭使えよなって思う。そんなことだから、いいように利用されちゃうんだ。


この頃、教室の中は人間社会の縮図みたいになっていた。

こういうのをフラクタルっていうんじゃなかったっけ？　自己相似形。どこを切り取っても部分と全体がよく似てるってやつ。

世界も、国も、町や村も、その中にひしめく組織や学校も、みんな同じことをやっている。

そのグループのボスになりたがるやつがいて、へつらうやつがいて、反目するやつがいる。そうやって位階制のピラミッドがつくられて、必死になってみんな上を目指してる。

あいつの失点はぼくの得点。他人の不幸は蜜の味。だからみんなスキャンダルやゴシップが大好きで、ひとの悪口や誰かが失態を演じた話には拍手と喝采を惜しまない。誰も彼もが人間がまだ獣だった頃の本能を引きずっていて、悲しいくらいそれに振り回されてる。

これこそまさに、ああ、無情ってやつだ。

## 35

十一月の最後の木曜日。

この日、二週間後に行われるオリエンテーリングの班分けが行われた。日帰りで近所の森林公園に行って、そこでオリエンテーリングをするってことだった。

これがかなりの難題だった。班分け。

まったく自由にどうぞ、ってことがむしろ事をややこしくした。四人一組、男女の区別なし。

さっそく移動が始まった。ガタガタと椅子を引く音を立てながら、みんなそれぞれの思惑を胸に教室の中を移動していく。仲よしの女子グループ。クラブ仲間の男子たち。ちょっと進んだ不良がかった連中は男女ふたりずつのグループをつくる。

ぼくはすんなりとひとつの班に収まった。これだけのバッシングを受けながら、こんなにもあっさりと決まってしまうなんて、自分でもちょっと驚きだった。

最初にSFマニアの彼がぼくのところにやって来た。

やあ、と彼は言った。やあ、とぼくも応えた。次に無線マニアの男子がやって来た。彼は「オレもいいかな?」とぼくらに訊ねた。「どうぞ」とぼくらは答えた。そして最後にやって来たのが鉄道マニアの男子だった。彼はなにも言わなかった。ぼくらと目を合わそうともしない。

ぼくらはごくうすい仲間意識で繋《つな》がっていた。マニア同士の異種間交流。ふだんは、みなてんでんに自分の活動に勤《いそ》しんでいるんだけど、こういったときだけは、にわかづくりの結束力でもってひとつにまとまろうとする。それぞれが孤立していて、どのグループにも属していないってことも、こうやって集まった理由のひとつなんだと思う。とことんインディペンデントな彼らにはヒエラルキーの概念もなかった。

教室の中はまだ騒然としていた。五人の仲よしグループがあるとしたら、その中のひとりは、別のグループに行かなきゃならないわけだし、ふたりだけのグループは、どこか気の合いそうな他のグループと合体しなきゃいけない。その調整にみんな手間取っていた。

ちらりと見たら、モモはすでに取り巻きの残党とでもいうか、ロイヤルティの高い女子生徒たちに囲まれていた。まだまだ安泰というわけだ。

さらに視線を巡らせると、窓際の席、菊池さんが座ってるあたりだけに、ぽっかりと広い空間が出来ていた。誰も彼女に寄りつかない。

胸がずきんと痛くなった。

この国きてから、つらいことばかり……。

そんな彼女の言葉が耳に蘇《よみがえ》る。

落ち着かない気分で、そわそわとあたりを見回す。誰かいないか？　彼女を救ってくれる誰か。

ぼくは駄目だ。だって、ぼくは彼女の噂の相手なんだから。

ぼくと彼女は回転木馬の上で「やって」いて、しかもぼくは彼女の脱獄犯のお父さんにヤスリと食料を渡したたってことになってる。もし、ぼくが彼女と一緒の班になったら、みんなは「ほら、やっぱりそうだった」って言うに違いない。そんなの我慢ならない。彼女だってもっと傷付くだろうし。

でも、もちろんぼくは知っていた。そんなのただの言い訳だってことも。

彼女のため、彼女のためって、でも、ほんとは自分のためなんじゃないの？　噂はただの噂でしかない。言いたいやつには言わせておけばいいんだ。あんなの蚊のオナラほどにも力を持たないんだから。誰かが気にしたとき、初めてそれは蝶《ちょう》の羽ばたきのように力を持ち始める。

気にしないことだ。それが、このくだらない憂さ晴らしに対するとびきりのカウンターなんだから。聖なる黄金律さ。大切なことはただひとつ、彼女を孤立させないこと。自分はひとりじゃないんだって、そう思えるようにしてあげること。彼女を海の泡にしちゃいけない。賢明な王子になるんだ。

OK、わかってる。こう見えてもぼくはけっこういいやつなんだ。いいやつでありたいと願う程度にはいいやつ。それだって思わないよりはましだよね？　自分のことばかり考えて行動してるわけじゃない。ちゃんとひとのことだって気にしてる。

だから、ええと、けっきょく、ぼくの結論は？

そうこうしているあいだに、みんなひと通りの調整を終わらせたみたいで、教室がずいぶんと静かになってきた。

ぼくは半分腰を浮かしたまま、まだ迷っていた。

そのとき、ひときわ大きな音を立てて誰かが椅子から立ち上がった。

みんな振り返る。ぼくも慌てて振り返った。

飛男だった。

教室の一番うしろ、一番廊下側の席。

なんど席替えがあっても、彼はそこから動こうとしなかった。悠久の時を耐え抜いた磨崖仏《まがいぶつ》のように、背と頭を壁に預け、まるで宇宙の真理を見定めんとする高位の僧侶のような面持ちで……。

それがいま――、

教室はしんと静まり返っていた。彼は歩いた。級友たちの視線を一身に浴びながら。見ようによっては、それはランウェイでモデルウォークを披露する、どこぞのメンズモデルのようでもあった。

飛男は教室の中程まで歩いてくると、すっとそこに空いた真空地帯に吸い込まれていった。すごく自然だった。なんの迷いもない。彼は菊池サユリの隣の椅子をそっと引き、優雅な身のこなしでそこに腰を下ろした。

その途端、教室が一気にざわめきだした。

猛烈に飛び交う囁き声。なんだなんだ？　飛男と菊池サユリ？　あいつは南川モモの恋人なんじゃないのか？　どういうことだ？

千の蜂がいっせいに羽ばたいたような、ものすごいバイブレーションだった。みんな興奮してる。

ぼくは完全に出遅れてしまった。どこまでマヌケなんだ。適切なタイミングで適切な行動を取れないのは、なにか、前世でとんでもないヘマでもやらかしたからなんだろうか？

ぼくは中途半端に浮かせていた腰を椅子から一気に引き剝がすと、慌てて彼らのもとに向かおうとした。

そこでふと気づき、いったん立ち止まって仲間たちに別れを告げる。

「ごめん。ぼくもあっちへ行く」

「がんばれ」とSFマニアの彼が囁くように言った。

「うん、ありがとう」とぼくも囁き返す。

ぼくはふたりがいる窓際に向かって歩き出した。自意識全開のそうとうにぎこちない足どりだった。

賽《さい》は投げられた。ぼくはついにルビコン川を渡る。明日からは完全にアウトサイダーの身、クラスの法にそむいた反逆児として生きていくんだ……。

けれど、級友たちは誰もぼくを見ていなかった。

たったいま浮上したばかりのスキャンダルに夢中で、周回遅れで駆け付けたマヌケなナイトのことなんてどうでもいいらしい。みんなおでこをぶつけ合うようにして、猛烈な勢いでしゃべりまくってる。

えっ、そうなの？　とぼくは思った。なんだよ、見事な肩すかし。

やっぱりぼくは無名の傍観者役が一番似合ってるってことか。まあ、いいけどさ。

窓際に到着したぼくは、やあ、とふたりに声を掛けた。飛男には無視された。こっちを見ようともしない。

菊池さんは「だいじょうぶですか？」と心配そうな声でぼくを気遣ってくれた。

それはこっちのセリフでしょ、とぼくは思った。きみこそ大丈夫だった？　遅れてごめん。ほんとは、ぼくこそが一番に駆け付けるべきだったのに。

ぼくは「大丈夫だよ」とだけ言って、彼女の前の席に腰を下ろした。

さあ、これで三人になった。

残してきた連中を見ると、ぼくのあとがまには将棋マニアの男子生徒がしっかりと収まっていた。そっか、彼はガリ勉グループからはじき出されちゃったんだね。よしよし。

もう、ほとんど班は決まりかけていた。このクラスの生徒は42人だから、あまりがふたり出ることになる。その生徒たちは担任と副担任の先生と一緒に回ることになってる。

あとは残った三人の誰がこの班に加わるかだ。

ひとりはほとんど授業を休みがちの男子生徒で、今日も彼は来ていなかった。オリエンテーリング当日も来るかどうかは怪しい（彼は家庭用ゲーム機に人生のすべてを捧《ささ》げていた）。

もうひとりは、かなり孤独癖の強い女子で、彼女はつねに自分の前髪のうしろに隠れるようにして生きていた。でも、すごく頭がよくて、彼女は世界中の言語を自分の頭にインプットしたいというコーパス的妄想に取り憑《つ》かれていた。

最後のひとりは、性がすごくあいまいな男子で、自分のアイデンティティというものにつねに疑問を抱き続けていた。別に嫌われ者じゃなかったから、彼自身が迷い過ぎちゃったんだろう。どの班が自分に相応しいのかって。

彼なら大歓迎だった。一番うまくやれそうな気がする。

いつのまにか、教室を満たしていたざわめきは鎮まっていた。級友たちの関心は、この班の最後のメンバーが誰になるのかってことにすっかり移っているみたいだった。

孤独癖の女子も、あいまいな男子も、まるで他人事のような顔付きでこの沈黙の中に身を置いている。

誰が入るにせよ、その子はこの教室の新たな生け贄《にえ》となるんじゃないか？　とぼくは思った。あることないこと噂され、嘲笑《あざわら》われ、憂さ晴らしのかっこうのネタにされる。だとしたら気の毒だな。

ならばいっそ、ぼくら三人だけで……。

そのとき、また誰かが立ち上がる音が響いた。

一斉にみんな顔を向ける。

女子の誰かが悲鳴のような声を上げた。

立ち上がったのは南川モモだった。

うそだろ⁉　なんでだ⁉　生徒たちの興奮は一気にピークに達した。こんな面白い話ってあるか？

さすがにモモの顔は強張《こわば》っていた。みんなの視線はテーザーガン、しかも出力は最大だ。そりゃ顔の筋肉だって麻痺するよね。

それでもモモはやってきた。かなり足取りは危なかったけど。そして、表情は思い切り固かったけど、とにかく彼女は窓際まで辿《たど》り着き、ちらりとぼくを見てから隣の席に腰を下ろした。ふう、と詰めていた息を吐く音が微かに聞こえた。

なんで？　とぼくは思った。なんでわざわざみんなの餌食になるようなことを？

飛男がいるから？　いわゆる、これがハリウッドスターたちがよくやる「交際宣言」ってやつ？　そっと横目で見たけど、彼女がなにを考えているかなんて、テレパスでもないぼくに読めるはずもなかった。

でもまあ、とにかくモモはここにいて、ぼくら三人は、「菊池サユリを孤立させることに反対」派というレッテルで一緒に括《くく》られることになった。

それはそれで、なんとなく嬉しい。ぼくらは仲間だ。

モモはすっかり落ち着きを取り戻し、毅然《きぜん》とした表情で黒板を見つめていた。もはや級友たちの視線も気にならない。なぜなら、彼女はチタンでコーティングされた鋼鉄のクイーンなのだから。

教室のざわめきはまだ続いていたけれど、とりあえずショーはこれでお終《しま》い、先生がコーパス的女子をモモの後釜に強制的に据えて班づくりは終了した。残されたあいまいな男子はちょっと悲しそうだった。もしかしたら、モモの後釜には自分こそが相応しいって、そう思ってたのかもしれない。

ぼくらはひとことも言葉を交わさないまま、ふたたび自分の席へと戻った。胸が騒いで仕方なかった。ハリケーンのレベルでいったら、カテゴリー4か5はいってたと思う。

自分がすごく危険なところ——たとえば、建築中の高層ビルから突きだした鉄骨の上みたいなところ——に立っているような気がした。強い風が吹いて身体《からだ》が大きく揺れる。どこまで耐えられるか自信はない。隣を見れば、モモはすでに大きくバランスを崩して片足立ちになっている。いつ落っこちたって不思議じゃない。

そして、実際その通りになった。

この日からモモの転落が始まった。彼女は迷彩をしくじったんだ。

## 36

まずは、最後の取り巻き連中がモモから離れた。仕方ないよね。モモのほうで彼女たちの忠誠を裏切ったんだから。でも、それがなくても、けっきょくは時間の問題だったのかもしれない。彼女たちの心はおおいに揺れていた。ちょっとした風が吹いただけでも枝から離れ落ちてしまう枯れ葉みたいにね。すっかり季節は冬に向かっていた。

そして、ＪＧとＲ２のふたりが姿を見せなくなった。

これはかなり不気味だった。あれだけ入れ込んで通ってたのに、それが突然ぷっつり途絶えてしまったわけだから。ついに貴族グループがクイーンを見限ったか？　誰もがそう思わずにはいられなかった。これは謀反の狼煙《のろし》なんだ。きっとなにかが起こるぞ。

そしたら案の定、高見アキの反撃が始まった。

ＪＧは彼女の側についた。寛容な態度が功を奏したってことだろうね。彼はアキの復権を全面的に支持していた。

「つまりは、誰が真のクイーンに相応しいかってことだろ？」と彼は言った。

「どんな人間かは連《つる》む相手を見ればすぐにわかるさ」

もちろん、モモはボスの娘なわけだから、誰も露骨に彼女を責めたりはしなかった。ひたすら陰口を叩きまくり、まことしやかな嘘《うそ》でもってモモを貶《おとし》める。そして、まわりの生徒たちを懐柔し彼女を孤立させる。

人気者が落ち目になっていく姿を見るのは、ある種のひとたちにとってはたいそう愉快なことなんだろう。みんなこの新しい娯楽に夢中になった。

ひとり廊下を歩くモモを横目で眺めてはほくそ笑む。

休み時間、自分の机にひとり座って文庫本を読んでいるモモを指さし、コソコソとなにか囁き合う。

ひとりデリバリーのランチを食べているモモのすぐうしろで、夢中になっておしゃべりしてるふりをする。彼女たちは自分たちの楽しげな笑い声がモモの孤立をいっそう際立たせることを知っている。知っていて、心からそれを楽しんでいる。

アキはお供を引き連れて、これ見よがしに校内を練り歩いた。犬のマウンティングには、権勢誇示の意味もあるってどこかで読んだけど、彼女がやってるのも、つまりはそういうこと?

アキはぼくらのクラスにもやってきた。もちろん彼女はモモを無視した。彼女はこのクラスのかつてのモモの取り巻きたちと、なにやら楽しげに言葉を交わし合っていた。

モモは自分の席に座り、じっとこの意趣返し的な嫌がらせに耐えている。自分の爪を眺め、ささくれを取り、そしてまた爪をたしかめる。

きついよね、こういうのって。なんでもないふり、平気なふり。

朝、登校してみたら黒板に大きな相合い傘が描かれてたこともあった。

「モモとトビオは熱々カップル!」

モモはこれを完全に無視した。わざわざ消すほどのこともない。反応したらむしろ相手の思うつぼ。なので、ホームルームにやって来た担任の先生がこれを消すことになった。

先生はじろりとぼくらを見たけど、とくになにも言わなかった。遅刻してきた飛男は、このいたずら描きを目にすることさえなかった。

彼はもともと孤立していたし、みんなから好かれてもいなかった。だから、こういった状況にもまったく動じる様子はなかった。根っからのアウトサイダーだ。

ぼくと菊池サユリは違う。ぼくらは飛男ほどタフには出来ていない。些細《ささい》なことで傷付くし、まわりのなにげない言葉にもすぐ反応してしまう。

ぼくらは境界をさすらう漂泊者だ。「ひとりだって平気さ」と強がってみたり、「やっぱりこういうのってしんどいよな」と零《こぼ》してみたり。いつだって心は揺れている。

教室には四つの真空地帯があった。誰もそこに近づこうとはしない。四人はそれぞれが別の孤島に泳ぎ着いた遭難者のようだった。話し相手は自分だけ。

そのうち、孤独のあまり蠅《はえ》や風にも話しかけるようになるかもしれない。

37

実はこの頃、ぼくは一度だけモモの家に行っている。といっても招かれたわけじゃなく、ただ彼女のことが気になって様子を見に行っただけなんだけど。

この辺の気持ちってほんと自分でもよく分からない。恋っていうのは、あらゆる感情のごった煮だ。いくつもの葛藤や矛盾が当たり前のように同居している。いますぐ会いたいと願ったり、無性に腹立たしく感じたり。楽観的になったり、いやな想像をして落ち込んだり。

こういった感情が絶妙なバランスで拮抗《きっこう》してるときは「切ない気分」ってやつになる。そう、切ないんだ。恋は切ない。甘くて酸っぱいスモモのよう。

彼女を慰めたいと思った。モモを励ましてあげたい。

でもその一方で、「これってモモが自分で招いたことじゃないか！」って言ってやりたい気持ちもある。どっちも本当のことだ。ここにも矛盾がある。

「ジャイアンツ」って古い映画の中で、かのエリザベス・テーラーが「ケンカのいいところは、仲直りできることね」って言ってるんだけど、いまならその意味がわかるような気もする。優しくしたいから意地焼かす、とかね。恋はけっして単純じゃないんだ。

コテージに続く林道を自転車で走っていたら、一台の高級車に追い抜かれた。外国製のいかついセダン。色は深いグリーン。

車はしばらく行ったところで停まった。追いつくと、すっとウインドウが開いて中から声を掛けられた。

「娘の同級生かい？」

モモのお父さんだった。すごいハンサム（ジュン兄はお父さん似だ）。モモの家族ってみんなバンパイアなんだろうか？　お父さんも信じられないくらい若く見える。それにとびきりのおしゃれさんだ。真っ赤なV襟のセーターを着ている。

「はい、そうです」とぼくは答えた。

「娘に会いに来たの？」

ぼくはとっさに嘘をついた。

いいえ、と言って首を振る。

「湖に行くんです」

「ああ、そうなんだ」とお父さんは言った。

「ここは私道だから、一般のひとは使えないんだ。湖に行きたいなら別の道から行きなさい」

はい、とぼくは言った。

「すいませんでした」

ぼくは自転車をクルリと反転させ、もと来た道を引き返した。

胸がどきどきしていた。好きな女の子のお父さん。もうそれだけで、どうしようもないほどうろたえてしまう。

そっと振り返ると、車はすでに走り去ったあとだった。

お父さんはモモにこのことを告げるだろうか？

「そう、癖っ毛の痩せた男の子だったよ。お前の同級生だと言っていた。湖に行くつもりだったらしい」

うわっ、なんか恥ずかしい。モモに会いに来たのがバレバレじゃんか。しかも嘘ついて逃げ帰ったことまで知られてしまう。

翌日、ぼくはずっと緊張しながらモモの様子を窺《うかが》っていた。

ねえジロ、そんなにわたしに会いたかったの？　なんてからかわれるんじゃないかと思って。でも、けっきょくなにも言われなかった。どうやら昨日の件はばれてないらしい。お父さんに感謝だ。

それとも、ふたりはぼくが思う以上に仲が悪いんだろうか？　ほとんど言葉も交わさないくらいに。

だとしたら、彼女の孤独はいよいよ深刻だ。

# 38

また新たな事件が起きた。

菊池母子が住んでいる借家が何者かに荒らされた。

「なにか盗まれたの?」と訊くと、いいえ、と菊池さんはかぶりを振った。

「なくなったものはなにもありません」

いつものVIPルーム。ぼくらはタバコのこげ跡が付いたフォーマイカのテーブルに向かい合って座っていた。たったいま鶏の唐揚げ定食を食べ終えたばかりだ。

「そういうのって、ちょっとおかしくないか?」とアルおじさんが言った。おじさんはタバコの代わりに禁煙パイプを咥《くわ》えていた。奥さんに叱られたんだそうだ。料理人がそんなニコチン臭い息させてどうすんの! って。

「そんな泥棒いないだろ? 荒らすだけ荒らしといて、なんにも盗《と》らずに帰るなんてよ。どこから見たって金目のもんなんかなさそうな家を狙うってこと自体、すでにおかしなことだが」

菊池さんはなにも言わなかった。

でも、きっと分かっていたと思う。これは泥棒の仕業なんかじゃない。目的はもっと別のところにある。あの吊し刑にあった自転車と同じだ。

「よそものはでていけ！」

つまりはそういうことだ。ふたりを目障りに感じている人間たちが残した強烈なメッセージ。

「とても、こわいです」と菊池さんは言った。

「こわくてこわくて、夜もねむれないの」

「まあ、そうだろうよ」とアルおじさんが頷いた。

「か弱い女のふたりぐらしじゃな」

おじさんはぼくの顔を見ると「なあ、トキ坊よ」と言った。

「しばらくのあいだ、サユリちゃんちに寝泊まりしてやっちゃどうだ？　真夜中の用心棒ってやつよ」

「ええっ？　ぼくが？」

「ああ、そうすりゃ、サユリちゃんだって安心して眠れるだろ？」

たしかにそうかもしれないけど、もし学校の連中に知られたらとんでもないことになる。

「佐々時郎が菊池サユリとお泊まりデート！」なんてスクープが流れるかも。いやいや、「ふたりはすでに結婚している」だの、「もう五歳になる子供がいるらしい」だの、そんなめちゃくちゃな噂が流れる可能性だってある。あいつらほんとにひどいんだから。

それに、もちろんモモのことがある。知られたら絶体絶命のピンチだし、たとえ知られなくたって、ぼくは自分の恋心に対して負い目を感じるようになる。

ぼくが返答に窮していると、菊池さんが頬を赤く染めながら小さく声を上げた。

「いいえ、へいきです。そんなの佐々くんに悪いです」

「いや」とぼくは言った。

「そんなことはないけど……」

「ほんと、へいきです。大家さんが、見まわるって言ってくれてるから」

「そうなのかい？」とアルおじさんが彼女に訊ねた。

はい、と言って菊池さんはコクリと頷いた。

「だから……」

そっか、とおじさんは言った。

「ならいいさ。トキ坊残念だったな。サユリちゃんのナイトになり損ねた」

ぼくはあいまいな笑みを浮かべながらあいまいに頷いた。

たしかにそうなのかもしれない。ぼくはいつだってナイトになり損ねる。

孤高の騎士に憧れる腰抜けピエロ。それが、いまのぼくなんだ。

39

この事件が引き金となって、またもや工場で騒動が起きた。デモ隊の連中が会社に猛烈な抗議をしたんだ。

彼らは菊池母子の家を荒らしたのは会社側の人間だと言い立てた。証拠はないが、ぜったいそうに決まってる。どこまで汚い手を使ったら気が済むんだ！

もちろん工場幹部はそれを否定した。言いがかりもはなはだしい。なに血迷ったこと言ってるんだ。相手にするのもバカらしい！

その木で鼻を括るような態度にデモ側の人間は激高した。

中でもとくに血の気の多い若い従業員たちが暴走気味の行動に出て、それを阻止しようとした警備員たちとのあいだで激しいぶつかり合いとなった。

結果として双方に数人の軽傷者が生じ、デモ隊のリーダーである飛男の父親が任意の形で事情聴取を受けることになった。まあ、けっきょくは今回もケンカ両成敗、お咎《とが》めなしってことになったんだけど。

問題だったのは、その数日後、工場がいきなり彼を解雇したってことだ。これはいくらなんでもやりすぎだった。当たり前だけど、従業員たちは激怒した。

完全なる不当解雇！　思えば、あの衝突だって会社のほうから仕掛けてきたようなところがあった。すべては、この日のためのシナリオだったんじゃないのか？

疑心暗鬼がどんどん募り、会社への不信感は頂点に達した。

次は誰がターゲットになる？　逆らうやつはみんな首切りを言い渡されるのか？

こんなやり方まるでファシズムじゃないか！

みんなの怒りはぐつぐつと熱く煮え立ち、いまにも噴きこぼれそうだった。

このままじゃ終わらない。ぼくらの誰もがそう思っていた。

## 40

それとは別に、ぼくの身にも不穏な影が迫っていた。

デモ隊の衝突の翌日のことだ。夜、いつものように食堂に向かうと、アルおじさんがぼくを待ち構えていて、店に入るなり腕を摑《つか》まれた。

「痛てっ」と声を上げると、しっ、とおじさんに言われた。

「こっちへ来い」

そう言って、おじさんはいつものVIPルームではなく、厨房《ちゅうぼう》の裏にある倉庫のようなところにぼくを連れて行った。

いきなりの展開に胸がどきどきしてた。なにがあったんだ？　なにかおじさんを怒らせるようなことでもしただろうか？

倉庫に入ると母さんがいた。中は段ボールの箱で一杯だった。母さんはその隙間に身を隠すようにして立っていた。

「あれ？　お母さん？」

「ああ、よかった」と母さんが言った。

「大丈夫だとは思ってたけど、万が一ってこともあるから」

「なんのこと？」

「借金取りが来たんだよ」とアルおじさんが言った。胸ポケットから禁煙パイプを取り出し口に咥える。

「借金取り？」

「名乗りはしなかったが、多分そうだろ。見るからにそんな風体のふたり組だった。女房が相手したんだが、トキ坊のお母さんのことを訊かれたそうだ」

「なんでわかったんだろ？」

「いや、どうも様子じゃ、あてがあって来たわけじゃないらしい。古い友人に片っ端から当たってんだろう」

「そうなんだ……」

大丈夫？　と訊ねると母さんは、うん、と小さく頷いた。さすがにちょっと顔が青ざめてる。それとも、この部屋の古くさい蛍光灯がそう見せるのか。ジージー、ジージーと季節外れの蟬《せみ》みたいにうるさい。

「わたしはちょうど厨房の奥にいたの」と母さんは言った。

「だから、とっさにここに隠れて……。たぶん気付かれなかったと思うけど」

「ぼくらの顔、ばれちゃってるのかな？」

母さんは不安げにかぶりを振った。

「わからない。でも用心するに越したことはないから」

「いま、うちの若いもんがやつらのあとをつけている」

「そうなの？」とぼくは言った。

「なんかスパイ映画みたい」

「ああそうだな。ジェームズ・ボンドってか？　まあ、あいつじゃデンプン糊《のり》が精一杯ってとこだが」

思わず笑ってしまった。おじさんてほんと面白いひとだ。

そうこう言っているうちに、その「若いもん」が帰ってきた。たしかにボンドっていうよりは、さっぱり顔のデンプン糊って感じ。自分がしてきたばかりの冒険に興奮して、頬を紅潮させている。

「やつら、電車に乗って行っちゃいました。もう町にはいません」

「気付かれなかったか？」

「大丈夫ですって。こういうの得意なんです。あいつら振り向きもしませんでしたよ」

「そうか。ありがとよ。もう、厨房に戻っていいよ」

デンプン糊くんが倉庫から出て行くと、さて、とおじさんが言った。

「そういうことだ。とりあえずは一件落着。夕飯でも食うか」

でも、母さんとぼくはとても「一件落着」なんて気分にはなれなかった。

あいつら、二年経《た》ってもまだぼくらを追っていた。もしかしたら、別の誰かが取り立てを引き継いだのかも。

母さんは食堂では偽名を使っていた。ほかにも身を隠すために、いろんな手段を講じてはいる。それでも、やつらは追ってくる。あらゆる手を使ってぼくらを追い詰めてくる。ぼくら母子に安全な場所なんてどこにもないんだ。

その夜、ぼくは眠れなかった。まるで、獣がうろつく森の中に素っ裸で横たわってるような気分だった。母さんもきっと、そうだったんだろうと思う。押し殺した溜息《ためいき》と寝返りを打つ音が、ひと晩中ふすま越しに聞こえていた。

## 41

そして、オリエンテーリングの日がやって来た。

あの夜から三日後のことだ。この前の日に飛男の父親が解雇されていて、そのことは生徒たちのあいだでも話題になっていた。みんな興味津々で彼が現れるのを待っていたんだけど、教室での集合時間はもちろん、校門前に駐《と》められたバスに乗り込む時刻になっても飛男は姿を見せなかった。

けっきょくバスは彼を乗せないまま発車した。

それだけじゃない。なんと、菊池さんまでもが欠席で、ぼくらの班はモモとぼくのふたりだけということになってしまった。

これは猛烈に気まずいぞ、とぼくは思った。予定では一時間ぐらい一緒に回るらしい。そのあいだずっとモモとふたりきり。嬉しいやら、恐ろしいやら、考えただけで胸がどきどきしてくる。

飛男が来ないことは、なんとなく予想してた。とてもそれどころじゃないんだろう。あいつの家は、いま、きっと大変なことになっているはずだから。

ぼくだって、できるなら休みたかった。あの夜以来、ずっと不安で胸が落ち着かなかった。チキン病がますます悪化してる。

菊池さんもやっぱりそうなんだろうか？　あまりにもいろんなことがありすぎて、山歩きなんて、とてもできそうにないって、そう思ったんだろうか？

それにしても、モモとふたりきりっていうのはなあ。ほんとまいったなあ……。と思ったら、この件はあっさり解決した。予想通りゲームマニアの彼が欠席だったんで、あいまいな男子がぼくらの班に来ることになったんだ。先生たちは山歩きしないですんでホッとしてるみたいだった。

ぼくだってホッとしたさ。けど……、やっぱりちょっと残念に思うところもあった。展開次第ではモモと仲直りするチャンスがあるかも、って思ってたからね。

まったくシナリオはなかったけど、あらゆる映画の知識を総動員して、その場その場で最高のきめゼリフを口にしていけば、もしかしたら、って考えてた。けっきょく、ぼくにできるのはそれしかなかった。得意なものを生かせ！　っていうのは現状突破の常套手段だし。「アニー・ホール」のウディだって、最後はふられちゃうんだけど、それでも努力はしたからね。

森林公園にバスが着くと、校長のあいさつと先生からの説明があって、そのあとでぼくらはふたつのコースに分かれて出発した。二分おきに出て行くんだけど、ぼくらはけっこうあとのほうだった。

地図とコンパスはぼくが持つことになった。モモはつんつんしていて、まだかなり怒ってるみたいだった。仕方ない。それだけのことを、ぼくはしてしまったんだから。あいまいな男子の名前はミィっていった。もちろんアダナだ。ミノルなんで縮めてミィ。

なんか猫みたいだけど、実際の彼もけっこう猫っぽかった。すごく可愛《かわい》いんだ。男のぼくが見てもなんだかキュンとしてしまう。小柄で華奢《きゃしゃ》で、くりっとした大きな目をしてる。

「ああ、よかった」と彼は嬉しそうに言った。ちょっと鼻に掛かったハスキーボイス。

「ずっと先生たちと一緒だったらどうしよう？　って思ってたから。よろしくね」

そこでミィはウィンクした。それともただのチック？　素早すぎてよくわからなかった。

なんにしても、ミィってほんとあいまいな男子だ。

スタートしてからもミィはずっとしゃべり続けた。

「じつはぼく、ずっと南川さんに憧れてたんだ」と彼は言った。

「こんなふうに、お近づきになれて嬉しいよ」

「へえ、そうなんだ」とモモは言った。彼には愛想がいい。というか、いつものモモだ。

「モモちゃんてさあ」とミィが言った。

「あ、モモちゃんて呼んでいいよね？　もう、ぼくたち友達だし」

「え？」とモモは言った。

「うん、いいけど……」

彼女もちょっと戸惑っている。ミィの距離感てかなり独特だ。

「モモちゃんてさ、ほんと服のセンスがいいよね」と彼は言った。

「制服にちょっと手を入れてるでしょ？　あのシルエット最高だよ。だっさいジャケットが、まるでどこかのオートクチュールみたいだもん。っていうか、ほんとモモちゃんてスタイルいいよね。うらやましいなあ。なんでそんなに足が長いの？」

「なんでって」とモモは言った。

「生まれてからしばらく海外で暮らしてたから？　やっぱ、わかんない。遺伝じゃないの？」

「そうなの？　なんか、シンディー・クロフォードみたい。ほんと、かっこいいなあ」

「言い過ぎだって。そんなことないよ」

「今日のデニムジャケットもすごく可愛い。ちょっと見ないデザインだよね」

「ああ、これはイビザに行ったとき買ったんだ。服はだいたいあっちでまとめ買いするから」

「やっぱそうなんだ！　いいなあ、憧れちゃうなあ。ぼくファッションデザイナーになりたいんだ。ほんとは中学出たら、もうすぐにでも向こうに行きたいぐらい」

「へえ、いいじゃない」とモモは言った。

「がんばんなよ」

「うん、ありがとう！　モモちゃんにそう言ってもらえたら勇気１００倍、ぼくがんばっちゃう！」

そんな調子でふたりの会話はえんえんと続いた。

オリエンテーリングなんてそっちのけ。ぼくは完全に蚊帳《かや》の外。ひとり地図とコンパスを睨《にら》みながら、「こっちだよ」とか、「この道を左」とか、おしゃべりに夢中なふたりを誘導する。

当たり前だけど、ちょっと外れ者だったミィはマナー・ハウスには招かれていなかった（モモの取り巻きたちが「益あり」と見なした人間だけが館に招待される）。なので、モモと初めて言葉を交わす機会を得たミィは完全に舞い上がっていた。憧れのモデルだか女優だかのファンミーティングに初参加した熱烈ファンって感じ。

それゆえ当然、道を探すのも、フラッグを見つけるのも、それを地図に記入するのも、ぜんぶぼくの仕事となった。

はなからひとり足りなくてハンディ背負ってるのに、これじゃあ、単独で進んだほうがまだましだよ。

# 42

それでも、スタートから三十分が経過した頃には、どうにかコースの中程まで進んでいた。ほぼ予定通り。えらいぞ、時郎。

このオリエンテーリングは素人の学生向けにつくられてるから、難易度は低い。よほどのマヌケでないかぎりフラッグを見落とすことはない。フラッグにはアルファベットの代わりに動物の絵が描かれていて、その名前を地図に記入するのがポイント通過の証明になる。クマ、コアラ、ダチョウ、ペンギン、みたいにね。

地図の空欄がかなり埋まってきた。けっこう嬉しい。案外こういうの好きかも。

もうまもなく次のポイントにさしかかるはずだと思って目をキョロキョロさせてると、木立の向こうから生徒たちの話し声が聞こえてきた。

「あっ」とミィが言った。

「あいつら……」

近づいてみると、そこにはふたつのグループがいた（ポイントもそこにあった。フラッグに描かれた動物はゴリラだった)。

ひとつは、ぼくが抜けた「ごくうすい仲間意識で結ばれたマニア連合」。とことんアウトドアに向かない連中なので、かなり顔色が悪くなってる。

もう一方はJG、R2と女子ふたりからなる「貴族グループ」。女子は高見アキの「側近」たちだ。

ぼくらにまだ気付いていないJGは、マニア連合のリーダー格であるSF男子に、しきりになにかを迫っていた。

「だから、素直に見せりゃいいんだよ。別に減るもんでもないだろう?」

「でも、それじゃあルールが……」

「ルールだと?」

そこでR2がぼくらに気付き、JGに肩を突いて知らせた。

ゆっくりと振り向くJG。

チッて小さな舌打ちが聞こえた。マズイ場面を見られたって顔だ。

「ここはゴリラだってよ」と、少し経ってから彼は言った。ゴリラみたいなしかめ面だった。

「わかったら、さっさと行きな」

「そうはいかないわ」

背後からの声にギョッとする。もちろんモモだ。なにをまた、わざわざ事を荒立てるような真似を……。

モモはぼくの脇を抜けるとJGの前に歩み出た。

「もう、やめようよ、そういうの」と彼女は言った。

「情けなさ過ぎるよ。いいかげん気付きなよ」

「なんだと？」

JGの表情が変わった。思わずブルリと身が震える。やつのほんとうに怒った顔って、まるでAK-47ライフルの銃口みたいだ。ちなみにこの銃は、『世界で最も多く使われた軍用銃』としてギネスに認定されている。それだけで、かなりの殺傷力がある。

「みんなもさあ」と言ってモモはほかの貴族グループのやつらに顔を向けた。

「こんなやつの言いなりになってちゃ駄目だよ」

カチリ、とセーフティーレバーの外れるような音がして（実は、JGがベルトから下げたシルバーアクセサリーの音だった）、次の瞬間にはやつの手がモモの肩をがっちり捉えていた。

「こんなやつってなんだよ？」

十五歳とは思えないような胴間声だった。でも、モモは少しも怯《ひる》まなかった。

「自分の欲のために、ひとを平気で傷付けるような人間のことだよ」

「それがどうした？」とJGは言った。

「弱肉強食って授業で習わなかったか？　強いもんが一番エライのがこの世界だろ？」

「そんなの100万年も遅れてるんだよ。だいいち、あんたは少しも強くなんかない。親の権力にぶら下がって喜んでるだけの、ただのチンピラザルだ」

「なにぃ？」

まずい！　とぼくは思った。言い過ぎだ。JGの痛いとこ突きすぎてる。銃口はモモのすぐ目の前にある。火を噴けば彼女は——。

「モモから手を離せ!!」

突然上がった声にみんなの動きが止まった。まるで一瞬で時が凍り付いたかのようだった。すごい呪文だ。

JGがものすごい目でぼくを睨んでる。気付けば、そこにいる全員がぼくを見ていた。

そっか、とぼくは思った。あのヒーロー登場のきめゼリフみたいな言葉は、ぼくの口から出たものだったんだ……。

言ってしまったものは仕方ない。モモを助けるためなら少しぐらいの痛い思いは覚悟しなくちゃね。腰抜けピエロのぼくだけど、たまには勇ましい騎士の真似だっててしたくなる。きっと、いまがそのときなんだろう。

ぼくはゆっくり歩み出ると、彼女の肩に掛かったＪＧの指をそっと剝がした。ＪＧは抵抗しなかった。とつぜん起きた出来事に、ただあっけに取られてるだよね。ぼくはまったくの脇役、エキストラでしかなかったんだから。クラーク・ケントだってもう少しは存在感がある。

モモを脇にのけると、ぼくはＪＧの前に立った。ちょっと唇を舌で湿らせてから、さて、と一言呟く。もうひとつの呪文だ。

その途端、ふたたび時が動き出した。

「こいつ！」と言ってＪＧが拳を振り上げる。

「まった！」とぼくは言った。

ぼくはまったくガードをしていなかった。いわば無抵抗主義だ。ガンジーの両手ぶらり戦法（違ったっけ？）。

その姿に戸惑ったのか、ＪＧは振り上げた拳をぼくの声で素直に止めた。

「ぼくは、きみを許す」とぼくは言った。

「握り拳では握手はできない。さあ、手を開きなさい」

これまたガンジーからの借用だ。ベン・キングズレーが演じたガンジーがめちゃくちゃかっこよくて、しばらく彼にはまってたんだ。

まあ、いずれにしても、ぼくはどうにかしていたんだと思う。少しも恐怖心がわかないんだ。あまりの状況に心が麻痺していたのかもしれない（あるいは、借金取りの件が、このこととどこかで繋がってたって可能性はある。チキン病の末期症状だ）。

ＪＧがモモに触れた瞬間から、すでにぼくのリミッターはぶっ壊れかかっていた。あいつの汚れた手がモモに触れるのが、どうにも我慢ならなかった。

モモを助けなきゃ、って思ったら、とつぜんどこかに隠されていたスイッチがオンになった。チェンジ！　変身もののスーパーヒーローだ。危機に直面すると眠っていた能力が目覚めるっていうアレ。

でも、そろそろその効果も尽きかけていた。カラータイマーが点滅する。ちょっと早すぎやしないか？　まあ、ない袖は振れないともいうけど。

ぼくは勇気を振り絞ってＪＧを促した。

さあ、と言って手を差し出す。指が震えているのが自分でも分かった。気付かれないといいけど。

ＪＧは振り上げていた拳をゆっくりと下ろすと、ぼくの顔の前で静かに開いた。

やった！　と思った。話せばわかるじゃん！　やっぱり寛容と対話こそが平和への道なんだ。

けれど、その手を掴もうと腕を上げた瞬間、ぼくは顔面に思い切りＪＧの掌底をくらって勢いよくひっくり返った。そのまま山の斜面を転げ落ち、二メートルぐらい下の切り株に頭をしたたか打ち付ける。

ゴンッていやな音が聞こえた。目の前にきれいな星が飛ぶのが見えた。マンハッタンの夜景みたいだ、とぼくは思った。実際に見たことはないけど。

「ジロ！」と叫んで、モモが斜面を滑り降りてきた。

「大丈夫⁉」

ぼくは返事の代わりに腕をちょっとだけ上げて見せた。かなり痛いけど動けないほどじゃないよ、って意味だ。

それを見て安心したのか（JGもひとの子だ。一瞬、自分が殺人を犯したんじゃないかってびびったんだろう）、彼はSF男子が手に持った地図をいきなりふんだくると、連れの三人を率いてそのまま行ってしまった。

モモはぼくの脇にしゃがみ込み、心配そうな顔で訊ねた。

「頭打った？」

「うん、うしろをガツンとね」

彼女はぼくの頭を抱きかかえると自分の腿《もも》の上にそっと下ろした。手を差し入れ、後頭部を指で探る。

「でっかいコブが出来てるよ」

「みたいだね」

「切れてはないみたい」

「そう、よかった」

モモはホッとしたのか、そこでクスリと笑った。

「本気であいつを説得できると思ったの？　ほんとジロってバカだね」

ちがうよ、とぼくは言った。

「ぼくは、ただ理想に燃えるロマンチストなだけさ」

「うん」とモモは言った。

「やっぱ、そうとうにバカだ」

そしてふたりで笑い合った。身体中のあちこちで、名前のよくわからないパーツがぎしぎしと音を立てて痛んだ。

「立てる？」と訊くので、たぶん、とぼくは答えた。

モモの手を借りて立ち上がってみると少しだけクラッときた。でも脳しんとうは起こしてないみたいだ。

派手な転び方をしたわりにはダメージは小さかった。酔っぱらいと同じだ。へたに構えなかったのがよかったらしい。防御すらしないという究極の護身術。打ち身や擦り傷はいっぱいあったけど、これぐらいならたいしたことない。

斜面を上りコースに戻ると、みんなが心配顔で待っていた。

「大丈夫？」とミィが訊いた。

「うん、なんとかね」

「ひどい目に遭ったね」

「そうでもないさ、これくらい」

ふうん、と彼は言った。

「佐々くんて二枚目のひとなんだね、ほんとは」

ちょっと笑う。やっぱりミィって可笑《おか》しい。

「ぼくのためにゴメンね」とSF男子の彼が言った。

「ちがうよ」とぼくは言った。

「ぼくがバカだったんだ。きっとカッコつけたかったんだと思う。最近、ヒーロー願望が強くてさ」

「そうなの？」

「うん。これも思春期の病いなのかな。ハシカみたいな」

「どっちにしても、ありがとう」と彼は言った。

「佐々くんも、南川さんも、すごく感謝してるよ」

「地図はどうする？　うちのを描き写していく？」

「それは大丈夫。彼が――」と言って、SF男子の彼は将棋マニアの男子を指差した。「ぜんぶ記憶してるから。ポイントの動物の名前もすべて頭に入ってる」

さすが将棋男子。なんかかっこいい。悪漢に襲われたけどダメージはなし。

こういう力が世界を救うっていうのが理想だよね。それなら誰も流れ弾に当たったり、崩れたビルの下敷きになって傷付いたりしないから。知性は拳に勝る。これぞ正しい進化の形だ。

## 43

ぼくらはもう少しそこで休んでいくことにした。モモがすぐには歩かないほうがいい、って言ったんだ。

ぼくはポイント近くの草の上に腰を下ろした。クヌギの幹に背を預け、そっと目を閉じる。たしかにまだちょっと世界が揺れている感じがした。落ち着くまでもう少し待ったほうがいいかも。

モモとミィのふたりは、少し離れたところにある切り株のベンチに並んで座っていた。

「ねえねえ」とミィが言った。

「さっき、佐々くんさ、モモちゃんのこと、『モモ』って呼び捨てにしてたよね？」

やっぱり気付いてたか、とぼくは思った。思わず叫んでしまったけど、あれはかなりまずかったんじゃなかろうか？　と後悔していた。

「そうだっけ？」とモモはそらとぼけた。

「またまた」とミィは嬉しそうに言った。

「あんなふうに自分の名前呼ばれたら誰だってキュンと来ちゃうよね？　ミィに触るなっ！　みたいにさ」

「そうかしら？」

「絶対そうだって。そのあと、モモちゃんはモモちゃんで、佐々くんのこと『ジロ』って呼んでたよね。これって、すごく気になるんだけど」

モモがなにも答えずにいると、ミィは作戦を変えたのか、声を落としてこんなことを言った。

「そう言えばさ、モモちゃん、飛男と噂になってるよね」

耳がぴくりと立った。

「えっ」とモモが言った。あきらかにうろたえてる。

「そうだっけ？」

「飛男ってきれいな顔してるよね。ぼくああいう顔好きなんだ。ちょっとケイト・モスに似てるんだよ。気付いてた？　背だって高いしさ。モデルにだってなれるよ」

「そうかな……」

「あいつ、バカだよねえ。もうちょっとうまく立ち回れば人気者になれるのに。ぼくなんかと違ってさ。きっと、ほんとは頭だって切れるはずだよ。なのにバカなふりしてる」

「へえ」とモモは言った。

「そんなふうに思ってたんだ」

「うん。ぼく、そういうの見抜くの得意なんだ。ちょっとしたテレパスなの」

「かもね」とモモは言った。

へへ、とミィは照れたように笑った。

「でもね」と彼は続けた。

「モモちゃんとは合わないよ。たしかに並んで置いたら、そりゃとびきりの眼福だけどさ、でも、ふたりは違うでしょ？　あいつ単純すぎるもん。まあ、それが飛男のいいところでもあるんだけどさ。モモちゃんはもっと複雑じゃない？　あいつじゃモモちゃんの半分も理解できないと思うよ。なんで、あんなやつと付き合うのさ？」

えらいぞミィ！　とぼくは心の中で喝采した。よくぞ言ってくれた。ぼくの中でのミィの株が一気に上がる。

「ねえ、テレパスくん」とモモは言った。声は穏やかだ。

「ちょっとアンテナの感度悪いんじゃない？　あんなデマ信じちゃうなんてさ」

なにっ？　耳がさらに伸びたような気がした。スポック並みだ。

「ああ、やっぱり違うの⁉」と、ミィが嬉しそうな声を上げた。

「絶対そうだと思ってた」

「たしかに、ここんとこずっと飛男と連んではいるけど、それは一種のビジネスみたいなもんでさ。ただ、お互いの利益のために手を組んでるだけだよ」

薄目を開けると、モモがこっちを見ていた。まるで、ぼくに言ってるみたいだった。慌ててまた目を閉じ直す。

頬が緩むのをこらえようとするけど、うまくいかなかった。嬉しすぎる。ふたりは恋人同士じゃなかった！　噂のほとんどはデマだったんだ。やっぱりね。薄々そうじゃないかとは思ってた。心が一気に晴れ渡る。なんて清々《すがすが》しいんだ！

「噂なんて、たいていそんなものよ」とモモは言った。

「ひまを持て余してるひとたちの、お手軽な娯楽でしかないの。信じちゃったひとは、そうとうに反省しないとね。そういうのって、ほんとひとを傷付けるから」

わかってます。心から反省してるよ。

「じゃあさ」とミィが言った。

「佐々くんとサユリちゃんの噂もそうなのかな？　あれもやっぱりデマ？　ぼくなんか、けっこうあれは信憑性《しんぴょうせい》あると思うんだけどな」

あっ、バカ！　と心の中でミィを罵る。それはないだろう。なんでいま、そんなことを言う？

「ああ、あれね？」とモモが言った。

「そうねえ、どうなのかしら？　こればっかりは本人たちに訊かなきゃ、わからないことよね」

「ねえ、佐々くん！」とミィがぼくを呼んだ。

「ちょっと、訊きたいことがあるんだけど」

うん？　とたったいま気付いたようなふりをしてぼくは言った。開いた目を眩《まぶ》しそうにしかめてみせる。

「なに？」

「佐々くんて、ほんとにサユリちゃんと付き合ってるの？」

「え？　なに突然？」

「ほら、噂になってるでしょ？　あれ、ほんとなのかな？　って」

「違うよ」と、ぼくはモモをちらりと見遣《みや》りながら言った。モモはじっとぼくを見ている。

「彼女のお母さんが、ぼくの母さんが働いてる食堂に仲居さんとして入ったんだ。そ
れで、ぼくらもそこで夕飯をもらうようになったんだよ。従業員の子供はタダだから
さ。途中まで一緒に帰ることもあったから、それを見て、誰かが勝手に変な噂流した
んじゃないのかな」

「へえ」とミィは言った。

「それだけ？」

「もちろん」とぼくは言った。

「それだけ」

「じゃあ、みんなが言ってた、回転木馬でナントカって、あれもないんだね？」

「あったりまえじゃん。手を握ったことだってないよ」

ここは思い切り強調する。身の潔白を証明するチャンスだ。

「みんなひどいよな。ぼくはただ、つらい目に遭ってる菊池さんを励ましたいだけな
のにさ。それを、あんなデタラメ言ってからかうなんて」

「そうなんだあ」とミィは言った。

「ちょっとは信じちゃったぼくも、反省しなくちゃね……」

ほんとにミィは反省してた。ダメージの残るぼくに代わって地図とコンパスを受け持ち、残りのポイントをほとんどひとりで探してくれた。

ミィが熱心にポイント探しをしている、その少しうしろを、ぼくとモモは並んで歩いた。ぼくらのあいだにあったトゲトゲしさは、すっかり消え去っていた。ミィがいるんでたいしたことは話せなかったけど、それでもじゅうぶん気持ちは伝わっていた。

もうまもなくゴールって頃、モモがぼくの耳元で囁いた。

「ありがとう、ジロ」

モモはぼくの手をそっと握りしめた。

「とっても、うれしかったよ」

心がとろけてしまいそうだ。たったこれだけでぼくを幸せにしてしまうモモって、やっぱりすごい。

「あっ」とミィが声を上げた。

「あったよ。最後のポイント。あれなにかな？　ああ、クジラだ……。えっ、クジラ？　クジラって動物だっけ？」

ぼくらは顔を見合わせ笑い合った。ほんとミィって愉快なやつだ。

# 44

次の日はオリエンテーリングの振り替えで休みだった(つまり、昨日は日曜だった)。

ぼくは一日中、インタビューのメモをまとめ直す作業をしていた。業務再開だ。げんきんなやつって思われるかもしれないけど、実際そうなんだから仕方ない。昨日までは、モモとの会話を思い返すことさえつらかった。でも、もうそんな苦悩の日々ともおさらばだ。ぼくの心はルート記号のような曲線を描いて高止まりしていた。朝から鼻歌が止まらない。曲はもちろんラモーンズの「Sheena is a Punk Rocker」だ。

よく考えてみれば、とくになにかが進展したってわけでもないんだけど、それでも指に残るモモの手の温《ぬく》もりはぼくを大いに奮い立たせた。

大事なのは、モモにとって飛男はただのビジネスパートナーでしかなかったってことだ。噂はたんなる噂であって、ふたりは恋人同士でもなんでもなかった。キスなんかしていないし、素っ裸で抱き合ったりもしていない。

ぼくの恋心はぎりぎりのところでサバイブした。雨のように降り注ぐ敵の弾をかいくぐり、なんとかオマハ・ビーチを渡りきった連合軍の新兵のようにね。目指すゴールは、もうすぐそこにある。あとは勇気を持って突き進むだけだ。

ミィの言葉を信じるなら、恋のアドバンテージはぼくのほうにある。彼によれば、飛男はモモの心の半分も理解できてないらしいから。

この相関図に描かれた矢印が、どのくらいの太さでどこに向かっているのか、なにひとつわからないいまの状況の中では、どんな些細な情報だっておろそかにはできない。あいまいなテレパスくんの不確かな託宣だって、ぼくにはじゅうぶん貴重なアドバイスだった。

45

電話の音で起こされた。いつのまにか眠ってたらしい。窓の外を見ると、空の色がすっかり濃くなっていた。

寝ぼけまなこで立ち上がり、下駄《げた》箱の上に置かれた電話に向かう。母さんかな？

「もしもし……」

「ジロ？」と受話器の向こうで声がした。

「モモ？」

「うん」

「どうしたの？　電話なんて珍しいね？」

「ちょっと会えないかなって思って。忙しい？　なんか用事ある？」

「別に。あとで食堂に夕飯食べに行こうかな、って思ってたぐらい。いいよ、いまからそっちに行くよ。インタビュー再開？」

「うん、そうだね」とモモは言った。

「それもいいかも」

「もしかして」とぼくは言った。

「モモ、泣いてるの？」

「え？」と彼女は言った。

「泣いてないよ」

「でも、なんか鼻声だよ」

「電話だからじゃない？」

「そっかな？」

「そうよ」

「うん」とぼくは言った。

「わかった、とにかくすぐそっちに行く」

「ありがとう。待ってるね」

なにがあったんだろう？　モモが泣いていた。あの強気なモモが。

ぼくはジャンパーを羽織ると大急ぎで部屋を出た。勢いよく階段を駆け下りながら、手にしたデイパックを肩にかける。

最後の三段は飛び降りた。後頭部にズキンと鈍い痛みが走る。くそっ、と心の中でJGを罵る。

階段下に置かれた自転車を引っ張り出し、アパートの前まで押して歩く。ハンドルがやけに冷たく感じられる。ぼくはサドルに跨《また》がると一気にペダルを踏み込んだ。

走り出してすぐに、電柱の陰に隠れるようにして立つ人影を見たような気がした。あわてて振り返る。

なにも見えない。錯覚？　思わず背筋がゾクリとする。

じつは、借金取り騒動があった日から、なんとなく気にはなっていた。いつも誰かに見張られてるような感覚があった。ぼくがあまりにチキンなもんだから、ありもしない視線に勝手に怯えてるだけなんだって、そう思うようにしてたんだけど、いまのはずいぶんとリアルだった。

ほんとに錯覚なのか？　それとも、黄昏《たそがれ》どきに見えるという、れいのアレ？

湖に行くには、町を横切る国道を使うのが一番早い。ぼくは胸に渦巻く不安をかき消そうと、シャカリキになってペダルを回した。この勢いなら十分も掛からずに着くはずだ。

頬に当たる風が冷たかった。空が驚くほど澄み渡ってる。山なみのすぐ上に一番星がくっきりと浮かんで見えた。もう冬なんだ、とぼくは思った。

国道から逸《そ》れて細い市道に入る。しばらく行くと湖に向かう林道の入り口が見えた。ポツンと立った外灯が、轍《わだち》の残る草道をぼんやり照らしている。あともう少しだ。

林道に入ると、とたんにあたりが暗くなった。ここはもう夜だ。

勢いを止めずに薄闇の中を走っていると、湖に出る手前のところでいきなり声を掛けられた。

「ジロ！」

ぼくはブレーキを鳴らし自転車を止めた。後輪が少しだけ滑った。

「モモ？」

手近な木に自転車を立て掛け、彼女のもとに駆け寄る。

「なんで家で待ってないの？」

モモはハイネックのセーターの上にレザーっぽいブルゾンを羽織っていた。

「パパとケンカしちゃって」とモモは言った。

あっ、と思った。それで泣いてたのか。

「いまは家にいたくないの」と彼女は言った。

「どこか連れてってくれない？」

「いいよ」とぼくは言った。胸が熱くなる。彼女に頼られて嬉しかった。

「どこにいく？」

「どこでも。しばらくしたら、パパはまた出掛けちゃうから、それまでのあいだ」

「うん、わかった」

## 46

ぼくはモモを荷台に座らせると、いま来た道をふたたび引き返した。

モモはずいぶんと大胆にぼくにしがみついてきた。ぼくのデイパックはモモが肩から提げてた。これって、もうじゅうぶん「抱きついている」ってレベルなんじゃないのか？　モモの弾力や起伏がそこはかとなく背中に感じられて、ぼくはどうにも落ち着かない気分になった。

パパとケンカしたからなのか、それともこの黄昏のせいなのか、モモはなんだかいつものモモとは違って見えた。ひどい鼻声だし、目だって潤んだままだ。

ぼくらはなにもしゃべらなかった。モモの熱い吐息を耳に感じる。

林道を出ると町ではなく山に向かった。なだらかな丘陵地帯がどこまでも続く。民家の灯《あか》りがぽつりぽつりと現れては去って行く。うら寂しい里道だ。

「どこに行くの？」と、しばらくしてモモが訊いた。

「世界の果てまで」とぼくは答えた。

「うん」とモモは言った。

「いいね、そういうの」

ほんとにそうだったらいいのに、とぼくは思った。モモとふたりきり、すべての悲しみから遠く離れて、永遠に。

勾配がきつくなってくると、ぼくは自転車のギヤをローに下ろした。

「がんばれ」とモモが言った。

「世界の果てはもうすぐよ」

最後は立ち漕《こ》ぎになって、あがくようにして登った。

　坂を登り切ると、その先はなだらかな下りになっていた。眼下に街の灯りが見える。小さな宝石箱って感じだ。

「きれいだね」とモモが言った。

「うん」とぼくは答えた。

「世界はあっちで、ぼくらはこっち。こうやって見ると、ちっぽけなもんだね、世界って」

「そうだね」とモモは言った。

「そんなちっぽけな世界で、さらに小っちゃなパイを取り合ってるのがわたしたちなんだ」

「かもね」

「分け合えば、みんな幸せになれるのに」

　ほら、とぼくは言った。

「どっかの誰かも言ってたように、ひとの基本って弱肉強食だからさ。強いもんが総取りするっていうのが、いわゆる資本主義ってやつなんじゃないの?」

「すごいな資本主義」とモモは言った。

「だから、うちのクローゼットってあんなに大きいんだね。試着のとき以外は一度も身に着けたことのないような服や靴でびっしり埋まってんだから。ファーストクラスで地中海の島行ってさ、一万ガロンのマイタイ飲んだって、ちっともお金は減らないんだよ。それって、すごくおかしなことだよね」

ふうん、とぼくは言った。

「自分たちのこと、そんなふうに思ってたんだ」

「まあね」とモモは言った。

「わたしにも一応脳みそあるから」

「もしかして、それがケンカの原因?」

「それもあるけど……」とモモは言った。そこでちょっと口籠もる。

「うん?」

「パパが、飛男とわたしの噂をどっかから聞き付けてさ……」

「ああ」とぼくは言った。

「飛男か……」

「付き合ってるのか? って訊かれて、違うよって答えた。ただの友達だよって」

「うん」

「そしたら、ああいうたぐいの人間とは距離を置くべきだってパパが言って。ああいうたぐい、ってどういうことよ? って訊いたら、飛男のお父さんのことをまるで犯罪者みたいに悪く言うからさ、そっからは、もう……」

「そうなんだ」

　ぼくは、モモのパパの優しそうな顔を思い浮かべた。そんなにひどいことを言うようなひとには見えなかった。優しさってなんだろう？　なんで、ひととひとは憎しみ合ったりするんだろう？

「でもね」とモモは続けた。

「もしかしたら、いまがチャンスかもしれないって、そのとき思ったんだ」

「チャンス？」

「言おうとして言えなかったことを言うチャンス。いつかは言わなくちゃって思いながら、勇気がなくて、どうしても言い出せなかったことをさ」

「うん」

「こうやって、頭に血が上ってるいまなら勢いで言えるかもしれない。パパのこと憎んでいるいまなら……」

「うん」

「パパびっくりしてたな」

「言っちゃったんだ」

「うん。気付いたらね、すごい勢いでしゃべってた。もう後戻りはできない。一度口にしたら取り消すことはできないんだからさ。あとは最後まで言い切るしかないよね」

「ついに勇気を持てたんだ」

「そうだね。いろんなことがあったから……」

「うん」

「ジロがわたしを助けてくれたことだってそうだよ」とモモは言った。

「胸にズンって突き刺さった。すっごい嬉しかった。泣きたいくらいにさ」

そうなんだ……。知らなかった。

胸がいっぱいになって言葉が出てこない。こっちが泣きそうだよ。まずい、街灯りが滲《にじ》んできたぞ。

だから慌てて話題を変えた。

いまはどう？　とぼくは訊ねた。

「どんな気分？　後悔してない？」

「後悔はしてない」とモモは言った。

「でも恐いよ。すごく恐い。これからどうなっちゃうんだろう、って思うとさ」

「なにがあっても」とぼくは言った。

「ぼくはモモの味方だよ。いつだってすぐに駆け付けるから」

「今夜みたいに？」とモモが訊いた。

「そう、今夜みたいに」

モモがコツンとぼくの頭を叩いた。もちろん、タンコブはよけてくれた。

「ジロ、ずるいよ」と彼女は言った。

「わたしを泣かそうとしてるでしょ？」

「ばれた？」とぼくは言った。

「なんか、そういうモモも見てみたいなって思ったから」

「ジロって、じつはとんだサディストだったんだね」

「かもね」

「でも、見たらパンチだからね」とモモは凄《すご》むように言った。

「だから……」

そこで彼女はふいに言葉に詰まり、声にならない吐息を漏らした。コクリと唾を飲み込み、やっとの思いで掠《かす》れた声を絞り出す。

「振り向かないで……」

声が震えていた。

モモは泣いた。ぼくの背中にかたくしがみつき、胸の中に溜まった熱い塊を吐き出すみたいに、その細い身体を小さく震わせながら。

風が鳴っていた。星がひとつ流れ、闇にとけて消えていった。

なんだか、ほんとに世界の果てにいるような気がした。ここにはぼくらしかいない。誰かの目を気にして自分を偽る必要もない。あるがままの自分でいればいいんだ。

涙って、まるで真心みたいだ、と思った。真実のモモがここにいる。

ぼくは、心の底から彼女を守りたいと思った。きっとこういう気持ちも、誰かを好きになるってことの一部なんだろう。だって、すごく恋に似ている。

「モモ」とぼくは言った。

「うん……」

「ぼくは本気だよ。本気でモモを支えたいって思ってる」

彼女はなにも言わない。

「誰よりも近い場所でさ、モモのために、ぼくができることならなんだって」

「だめだよ」と彼女は言った。すごい鼻声だった。まるで別人のようだ。

「ジロを巻き込みたくない……」

「もうじゅうぶん巻き込まれてるよ。あの工場と無縁でいられる人間なんて、この町にはひとりもいないんだからさ」

なんで？　とモモは言った。

「なんで、工場のことだって思うの？」

「ぼくにも一応脳みそあるからね。ちょっと考えればわかることとさ」

「でも……」とモモは言った。

「うん？」

「でも、やっぱりだめ。いいの、わたしは自業自得なんだから。自分のことしか考えてこなかった罰みたいなものよ。でも、ジロは違うでしょ？」

「違うって、なにがさ？」

「ジロはずっと頑張ってきたじゃない。お母さんと一緒に苦労してさ。この町だって、ようやく見つけた隠れ場所なんでしょ？　そんなジロを巻き込みたくない。工場にたてついたら、もう町にはいられなくなっちゃうんだから」

「それはモモだって一緒だろ？　モモだってただじゃすまないはずだよ。それでもいいの？」

「しかたないよ」とモモは言った。

「覚悟は出来てる。それに、どっちにしたって、もう、おしまいだし……」

ドキッとした。モモ、なにを言ってるんだろう？

「どういうこと？」とぼくは訊いた。

「おしまいって、なにが？」

「パパがね……」とモモは言った。スンと鼻をならし小さく咳《せき》をする。

「うん」

「パパね、もうずいぶんと前から、ある女優さんと付き合ってるの。真夜中に電話で話してるの聞いちゃったんだ。信じられないよね。ママのことが好きで一緒になったのに、なんでそんなことできるんだろう……」

ぼくは自転車を止めた。ゆっくりと振り向きモモの目を見る。睫《まつげ》が涙で濡《ぬ》れていた。小さな真珠の装飾品みたいだ。

パンチはなかった。ただ、胸の奥でなにかがコツリと音を立てた。たぶん、それはレトロなライオンのノッカーのようなもので、いま、モモがそれを叩いた。なんだか、とっても懐かしい響きだった。

なにがあっても、とぼくは思った。ぼくはきみを守る……。

モモがゆっくりと瞬《まばた》きをした。目を伏せ、手の甲で頬を拭う。

ぼくは、昂《たか》ぶる気持ちを鎮めようと大きく息を吐いた。カサカサに乾いた唇を舌で湿らせる。

それで、とぼくは言った。

「そのことを言っちゃったんだね？」

モモは頷いた。

「それだけじゃないよ。なにもかも、すべて……」

「もう、あとには戻れないってこと？」

「そう、たぶん、わたしはこの町を出て行く」

「いつ？」

わからない、と彼女はかぶりを振った。

「でも、そんな先じゃないと思う。ずっと前から考えてはいたんだ。ジロともお別れだね。やっと友達になれたのに……」

モモはそっと顔を上げると、ぼくを見て悲しそうに笑った。

遠い街灯が照らす彼女の顔は、まるで月夜の天使みたいにすっかり青ざめていた。

ぼくは前に向き直ると、ゆっくりとペダルを踏み込んだ。静かに自転車が滑り出す。

「わからないよ」とぼくは言った。

「ほんとにお別れかどうかなんてさ」

「なんで？」とモモが訊いた。

「なんでそう思うの？」

「ぼくもこの町を出るんだ」

モモがハッと息を飲む気配があった。

「借金取りが食堂に来たんだ。たぶん、うちも見張られてる」

「じゃあ……」

「ぼくもモモと一緒だよ。どっちにしたって、もうおしまい」

だからさ、とぼくはことさら気楽なふうをよそおって彼女に言った。

「最後にでっかい花火打ち上げてさ、そいで一緒にトンズラしちゃおうよ。ボニーとクライドみたいに」

「本気なの？」

「本気本気。それがモモの伝記のラストになるんだ。やっぱり報酬もらうからには、きっちりそばで見届けないとね」

モモはなにも言わない。迷ってる。

でも、きっとぼくらは最後まで一緒だ。出会ったときから、そうなる運命にあったんだ。でなきゃ、こんなに好きになるはずがない。

「じゅうぶんに賢くさえあれば」とぼくは言った。

「ぼくらは世界だって変えられる」

「誰の言葉？」

「さあ、誰だったかな。でも、きっとそれは真実なんだと思う。ペンは銃よりも強し、さ。攻撃力はほぼゼロだけど、そのぶん頭を使うことには慣れてる。ぼくはけっこう『小賢《こざか》しいやつ』なんだ。どんな計画なのかは知らないけど、頼りになると思うよ。モモはぼくを見直しちゃうんじゃないかな」

モモが笑った。

「初めて会ったときから、ジロがすごいやつだってことはわかってたよ。このひとは恐れ知らずの天才なのかも、って」

「へえ」とぼくは言った。

「そうなんだ」

「そうじゃなきゃ、声を掛けたりなんかしない」

「マナー・ハウスには呼ばれなかったけどね」

「そうだね……」とモモは言った。

「そんなことして、ジロに嫌われたくなかったんだ」

また、なんてしおらしいことを。モモ、可愛すぎるぞ。募る思いでどうにかなってしまいそうだ。

「あ、ほら」と言って、ぼくは前方の丘を指差した。

「あれが例の遊園地跡」

「あれがそうなの?」とモモは言った。

「こんなふうに見たのは初めてだよ。なんだか寂しい眺めだね」

「この時間じゃね。なんの灯りもないし」

夕間暮《ゆうまぐ》れの薄闇の底、深い眠りに就いた遊園地は、まるで夢の中の光景のようだった。なにもかもがあいまいで、悲しいほどひっそりとしている。

「一度でいいから」とモモが呟くように言った。「こんな遊園地でさ、ジロと一緒にデートしたかったな……」

うん、とぼくは頷いた。

そうだね。ぼくもそう思うよ。

## 47

アパートに戻った頃には、かなり夜も更けていた。もうすぐ母さんが食堂から帰ってくる。急いで風呂沸かさなくちゃ。

ぼくは降りた自転車を階段の下まで押して歩いた。すっかり舞い上がってる。頭の中はモモのことでいっぱいだった。もちろん、アパートを出るときに見た人影のことなんてまったく忘れていた。

だから、塀の陰から突然誰かが飛び出してきたときは、腰が抜けそうなほど驚いた。思い切り叫び声を上げる。そしたらデカい手で口を塞がれた。

殺される！　と思った。死因は窒息死。だって、手が鼻の穴まで覆ってる。苦しいことを全身で訴える。チョーク！　チョーク！

「もう叫ぶなよ！」と、その誰かが言った。押し殺した声だった。

ぼくは素直に頷いた。二、三回多めに頷いておく。まだ、死ぬには早すぎる。

手が離れた。その途端、ぼくは逃げだそうとした。そしたら、足払いを喰《く》らって、思い切りすっ転んだ。

それでも這《は》って逃げようとすると、頭の上で呆《あき》れたような声がした。

「お前、なにビビってんだよ？」

ん？　この声。

首を捻《ひね》って見上げると、そこにいたのは飛男だった。

「なんだ、飛男か」とぼくは言った。

「脅かすなよ」

「そっちが勝手に驚いたんじゃないか」

「登場の仕方が唐突すぎるよ」

「予約でも取ってから来りゃよかったのかよ」

「まあ、そんなとこ」

飛男の手を借りて立ち上がる。

「それで？」とぼくは訊いた。

「なんの用？」

チッ、と飛男が舌打ちした。

「なんか偉そうだな。頭に来るぜ」

「べつに」とぼくは言った。

「偉ぶってなんかいないよ」

そしたら、いきなり胸ぐら摑まれた。

なんだよ、専守防衛じゃないのかよ、と心の中で訴えたけど、飛男は本気でムカついているみたいだった。

「お前、なんでオレの邪魔をする」と飛男は言った。

「邪魔？　邪魔ってなんの？」

「それは……」と言って飛男は口をもごつかせた。ぼくから手を離し一歩退く。

「あれだよ」と飛男は言った。

「あれってなにさ？」

「あれって言ったら、あれだよ。恋愛関係……」

最後はほとんど聞き取れないほど低い声だった。

「恋愛関係？」

あっ、と思った。もしかして、全部見られてた？

飛男のやつ、ぼくのあとをずっとつけてたのか？　モモとぼくのあまりに親密な姿を見て逆上したとか。だとしたら、ちょっと気の毒だ。悲しき片思い。

でも、悪あがきはやめたほうがいいよ。だって、「飛男はただの友達」ってモモ言ってたもん。

「ほら」とぼくは言った。

「こういうのって、結局は気持ちの問題じゃん。邪魔するとか、しないとかじゃなくてさ、お互い自然に、こうなったたっていうか……」

「うるさい！」と飛男が怒鳴った。

「お前がとつぜん割り込んでくるから、こんなことになったんだ！」

「割り込んでいったって、向こうから先に声を掛けてきたんだから……」

「声を掛けた？」

「そうだよ。報酬払うから、伝記書いてほしいって」

「伝記？　なんのことだ？」

「なにって……」

「菊池サユリがお前にそんなこと言ったのか？」

「菊池サユリ……」

一秒ほど考えて、ふいにすべてがあるべき場所に収まった。あっ、そういうことか!

「なるほどね」とぼくは言った。

「飛男は菊池さんなんだ……」

「なにが、なるほどね、だよ」

「いやいや」

思わず笑ってしまう。すっかり勘違いしてた。それで飛男のやつ、ぼくを無視してたのか。やっと、わかったぞ。

つまり、ぼくらはふたり揃《そろ》って噂に踊らされてたってことだ。なんてバカなんだろう。

「なにがおかしいんだよ」と飛男が凄んだ。ぜんぜん恐くない。なぜって、ぼくらはバカ兄弟みたいなものだから。名前だってトキオとトビオでよく似てるし。

「だって、とんだ勘違いだからさ」とぼくは言った。

「ぼくは菊池さんとはなんでもないよ。ただ母親たちが同じ食堂に勤めてるってだけでさ」

「そうなのか?」と妙に力の抜けた声で飛男が言った。

「あったりまえじゃん。菊池さんに訊いてみなよ」

「それがよ」と飛男は言った。

「家に行ったら、誰もいないんだ。もぬけの殻でよ」

「夜逃げ？」

思わずそんな言葉が出た。そういえば、彼女とは一昨日からずっと顔を合わせていない。

「知らんが、とにかく空き家になってた」

「それで、うちに来たんだ？」

「まあな」と飛男は言った。

「お前ぐらいしか、思いつかなかったからよ」

「ぼくも知らない。ここ二日、まったく会ってないんだ」

「もう、国に帰っちまったのかな……」

「急にそんなの無理だよ。旅費だって掛かるし」

「チクショー」と飛男が吐き捨てるように言った。

「なんで、こんなときによ」

「そういえば」とぼくは言った。

「飛男のお父さん、どうなったの？」

「どうもこうもねえよ。あのバカ親父。昨日は大騒ぎよ。うちも、そのうち夜逃げすんじゃねえの？　借金だらけだし、大家からは出てけってせっつかれるし」

「うわ、悲惨だね」

「だからよ、町を出る前に、せめてサユリちゃんに会って言っておこうと思ったんだよ。その……、正直な気持ちってやつをよ」

うわ、いま飛男、菊池さんのこと「サユリちゃん」って言ったぞ。こりゃかなり重症だ。

「えらいね、飛男」とぼくは言った。

「なんだそりゃ？」

「だって、告白って勇気が要るじゃん」

「まあ、そうだけどよ。切羽詰まってくると人間クソ力が湧いてくるもんだろ？　いまなら言えそうな気がするんだよ」

「わかった」とぼくは言った。

「菊池さんのことは、ぼくがなんとかするよ」

「ほんとかよ？」

「うん、母さんに訊けば居場所わかるはずだし。告白のための機会も、ちゃんと用意するから」

「なんだよ、突然」と飛男は言った。

「その妙なやる気、気味悪いな」

「なんかいま、そんな気分なんだよ。それこそクソ力？　そんなもんが全身に漲《みなぎ》ってるんだ」

「お前も切羽詰まってるってことかよ？」

「もう、詰まりまくってる。崖っぷちもいいところ。半ばヤケクソ。でも、だからこそ見えてくるものもある。もしかしたら、もしかするかもよ」

そこでぼくはクスクス笑った。どうにもハイな気分が止まらない。

「お前、酔っ払ってんのか？」

「まあ、ちょっとね。とびきりの媚薬《びやく》を盛られたもんだからさ。でも、この計画には人手がいる。すでに飛男はその勘定の中に入ってるんだ。よろしく頼むよ」

「どういうことだよ？」

「それはね……」

そしてぼくは、モモとふたりで練った計画を飛男に打ち明けた。細かいところはこれから詰めるけど、大まかなラインはすでに決まっていた。飛男にも立派な見せ場がある。きっと、気に入ってもらえるはずだ。

## 48

「なるほどな」

すべてを聞き終わったあとで飛男は言った。

「たしかに、悪かない。オレが思ってたのは、もっと単純な筋書きだった。だが、こっちのほうがよっぽど効果がありそうだ」

「だろ？」

「お前って、ほんとやばいやつだよな」と飛男は言った。

「いや、褒めことばだぜ。最大級の」

「知ってる」

「知ってる？」

「いや、なんでもない」

ところでさ、とぼくは話を変えた。

「飛男がうちに来たのってなん時頃？　夕方に一度来た？」

うんにゃ、と飛男は言った。

「着いたのはお前とほぼ同時だよ。でも、なんでだ？」

そこで、ぼくは彼に借金取りのことを打ち明けた。夕方に見た人影のことも。

「なるほどな」と飛男は言った。

「そりゃ、たしかに崖っぷちだ。けど、なんでおれたちって揃いも揃ってこうなんだ？」

「きっと、単純すぎるからだろ？　いつも真っ正直すぎて、抜け目ない連中の餌食になっちゃうんだ」

「たしかに」と飛男は言った。

「だが、いつまでもやられてばかりじゃない。こっちだって抜け目のないところを見せてやるぜ」

「そういうこと」

そこで、あっ、となにかを思い出したように飛男が声を上げた。

「そういや、オレがアパートに着いたとき、誰かが急ぎ足で駅の方に向かうの見たな」

心臓がドクンとひとつ大きく脈打った。

「うそっ」

「うそじゃねえよ。一瞬、お前かと思って声を掛けようとしたんだ」

「それで？」

「いや、よく見たらスーツみたいなの着てたから、違うなって思ってそれきりさ」

もしかして、と飛男が言った。

「あれが、例の借金取りだったのか？」

「わからないけど」とぼくは言った。

「なんか気味悪いな」

「風雲急を告げる、ってやつだな」

「なんだよそれ？」

飛男がにやりと笑った。

「いよいよクライマックスが近いってことさ」

## 49

菊池サユリの件はすぐに解明された。

帰ってきた母さんに訊いたら、食堂の離れにふたりは避難してるってことだった。工場での騒動を見て、アルおじさんがそう判断したんだそうだ。

この状況の中じゃ、なにが起きるかわからない。誰が敵で誰が味方なのか、それすらも定かじゃない。逆恨みってことだってある。身を隠しておくに越したことはないだろう。

菊池さんはもう学校に行く気もないみたいだった。学校にはＪＧやＲ２がいるからね。やつらが裏で糸を引いていることは明らかだった。

いわば学校はＪＧ蜘蛛《ぐも》の巣みたいなもので（それともアリ地獄？）、無理してそこに飛び込んだって、いいことなんてひとつもない。いやな思いをするだけだ。一週間ぐらい休んだってどうってことないさ。人生は長いんだから。

次の日の夜、ぼくはＶＩＰルームで夕飯を食べながら、菊池さんに飛男のことをさりげなく告げてみた。

「昨夜、飛男のやつがうちに来てさ」

彼女がさっと顔を上げた。けっこう素早い反応だった。

「加山くんが？」

「そう。なんか、菊池さんのこと心配して家に行ったんだってさ。そしたら、誰もいなかったから、それで菊池さんと繋がりのありそうなぼくのところに来たんだって」

彼女の頬がぽっと赤くなった。

あれれ？　そういうこと？　この反応は想定外だ。

ぼくってけっこう自惚《うぬぼ》れ屋なのかな？　彼女、てっきりぼくに好意を抱いてるんだとばかり思ってた。それで、勝手に心苦しく感じてたんだけど。

「なんかさ」とぼくは言った。

「あいつ、菊池さんに言っておきたいことがあるんだって。ほら、あいつんちもエライことになってて、この先どうなるかわからないからね」

「そうなんですか？」と菊池さんが心配そうに言った。

「よくはわかんないけど。あいつのお父さん工場クビになったし、騒ぎ起こした張本人みたいに思われてるからね」

「加山くん、かわいそう……」

彼女、本気で飛男のことを心配してる。

こりゃ、ひょっとしたら、ひょっとするかも。

けっきょくは出会いが肝心ってことなのか？　自転車吊されて途方に暮れてた彼女に、ただひとり飛男だけが声を掛けた。そのときからすでに、ふたりは目に見えない赤い糸で結ばれていた？　だとしたら、飛男こそが彼女の王子なのか？　『人魚姫』

とは出会い方が逆だけど、だったら結末がひっくり返ることだって大いにありうる。

「飛男に会いたい？」

思い切ってそう訊いてみた。

菊池さんは黙ってコクリと頷いた。目がきらきら輝いてた。間違いなく、いままで一番可愛い菊池さんだった。

なるほど、とぼくは思った。

彼女、恋してるんだ。

## 50

Xデーは、かねてからモモが計画していたとおり、12月24日ということになった。クリスマスイブだ。それに終業式の日でもある。

ぼくは猛烈な勢いで原稿を書いた。モモのスピーチ。

それ以外にも準備することはたくさんあった。計画に関わるひとたちに連絡を取って細かな段取りを決める。必要な機材を用意し使い方をマスターする。これは一種のドキュメンタリー映画みたいなものだから、そのための脚本だって書かなきゃいけない。

けど、頭は冴《さ》え渡っていた。ぼくの脳みそはブンブンうなりを上げて回転していた。言葉がよどみなく流れ出てくる。まるで、誰かが勝手にぼくの指を動かしているみたいだった。

学校は奇妙なほど静かだった。モモとぼくがJGと全面対決したことはクラスのみんなも知っているはずだった。でも、不思議なほど誰もなにも言わない。これが嵐の前の静けさってやつなのか？

モモとパパもそうだ。彼女のパパは、あの日以来ずっとヨーロッパに行ってて（重要な買収の打ち合わせらしい）、ふたりは一度も顔を合わせていなかった。じつに平和なものだ。

借金取りの影も、ここのところは遠のいていた。工場さえもが、息を潜めたようにひっそりと静まり返っていた。

なんだか、戦場に赴く兵士に与えられた最後の休暇みたいだった。あの「ひまわり」の、マルチェロ・マストロヤンニみたいに。

だから、ぼくらも最後の休暇を楽しむことにした。

## 51

ぼくとモモ、それに飛男と菊池さんの四人は週末に遊園地跡でダブルデートをした。

もちろん、これはぼくが企てたことだった。飛男と菊池さんをくっつけるための計画。でも、くっつくふたりが、ぼくとモモであってもまったくかまわない。というより、それこそがこのダブルデートに隠された真の目的だった。ダシに使われたふりをして、まんまとこっちがいい感じになってしまうって、そういう算段だ。

ふたりの気持ちはモモに伝えてあった。そして、ぼくの気持ちも飛男だけには言っておいた。こういうのを共謀っていうんだっけ？

「薄々そうじゃないかとは思ってたんだ」と飛男は言った。

「うそっ」とぼくは言った。

「なんでわかったの？」

「お前ら、お似合いだよ。それにモモのほうも、いつかお前の話が出たとき、なんか言ってたしな」

「えっ、なんて?」

「なんだっけ? 忘れた」

もっと愛想よくしろよ。せっかくきみのためにひと肌脱いだんだからさ。

「とにかく」と、飛男は言った。

「悪かない感じだったよ。自信持っていこうぜ」

遊園地跡には午後の三時に着いた。近くまでバスで行って、そこからは歩いて十五分ぐらい。こんな遅い時間にしたのには、ちょっとしたわけがあった。じつは、ある作戦があったんだ。天気が味方してくれるといいけど。

当たり前だけど、遊園地跡には誰もいなかった。おそろしいほど寂れてる。つわものどもが夢のあとって感じだ。朽ちかけた看板がやけにもの悲しく見える。

「グリーンヒルズパーク……」

掠れた文字をモモが読み上げた。今日の彼女は黒のデニムパンツに小豆色のライダースジャケットという姿だった。細身の彼女によく似合ってる。

「これが遊園地の名前?」

「そうだよ」と飛男が答えた。

「おれがガキの頃には、まだそれなりに客もいたんだけどよ。そのうちすたれて、親会社の開発会社も倒産して、あとは、それっきりよ」

「哀しいものね」

「なんで、こんな田舎につくったかね？　まあ、土地代だけはタダみたいなもんだったんだろうけどよ」

　チケット売り場の白い小屋は、すっかりツタで覆われていた。

「まさに、グリーンヒルだな……」

　飛男がぽそりと呟いた。


　形ばかりの柵をすり抜け、ぼくらは中に入った。

　園内のいたるところに雑草が生い茂っていた。ススキがやたらと目に付く。電柱や鉄塔にもツタやクズが絡まってる。

「なんか恐いね」と菊池さんが言った。彼女は茄子紺《なすこん》のワンピースを着て、その上からウールのハーフコートを羽織っていた。

「そうでもないさ」と飛男が言った。

「おれたち地元の子供たちは、みんなここを遊び場にしてた。こんな楽しいとこないぜ」

「叱られないの？」とモモが訊いた。

「大人たちにバレるようなヘマはしない。そのへんは抜かりがないんだ」

入ってすぐ、まず目に付いたのがパンダカーだった。コインを入れると四つ足でのそのそ歩くやつ（実際にはタイヤで動くんだけど）。パンダはすっかり色褪《あ》せて毛の抜けたグリズリーみたいになっていた。目玉が取れちゃってるやつもいる。

「うわっ」とモモが言った。

「懐かしい。これ知ってるよ」

モモはさっそくパンダに跨がった。

「昔、ジュン兄と一緒に乗ったたな」

ぼくも彼女の隣のパンダに跨がってみる。たしかに懐かしい。

ああ、この感触覚えてる。幼かった頃の優しい記憶。ほんの昨日のことのように感じられる。あの頃は楽しかったな。親子三人、いつも一緒で……。

しみじみとノスタルジーに浸ってると、モモにそっと声を掛けられた。

「ねえ、なんか、いい感じじゃない？　飛男とサユリちゃん」

モモの指差す方を見ると、ずいぶんと先を歩くふたりの姿があった。夢中になっておしゃべりしてる。ぼくらのことなんか、すっかり忘れてしまったみたいだ。

「ありゃりゃ。こりゃ、ほっといても大丈夫かな」

「みたいだね。前世からの恋人みたいに見えるよ」

ほんとにそんな感じだった。よく見てみれば、ふたりはお似合いだった。

おとなしくて真面目《まじめ》な菊池さん。乱暴者で不良の飛男。あり得そうもない組み合わせだけど、でも恋ってそういうものだ。徹底して理不尽。それでも六番目の感覚が、このひとことこそが運命の相手なのだと請け合ってくれる。

「あっ、飛男が菊池さんの手を握ったぞ！」

「サユリちゃんも、いやがらないね」

「やるな、あいつ」

そこで思わずモモと顔を見合わせてしまった。近い！　知らないうちにずいぶん接近してた。慌てて身体を戻す。

「ぼくらも行こうか？」とぼくは言った。

「そうだね」

クソッ、まだまだ修行が足りないぞ。

## 52

ぼくらはふたたび合流した。

ぼくら四人は廃墟《はいきょ》となった遊園地で、かつての賑《にぎ》わいをもたらした幽霊たちと陽気に戯れ、はしゃぎ、そして笑った。

十二月の寒空の下、ぼくらは淡い羽毛のような息を吐きながら、回転木馬の馬を駆け、射的ゲームの的に石を投げつけた。的のギャングや海賊たちは、何世代もの子供たちが投げつけた石のせいですっかり孔《あな》だらけになっていた。

迷路の館でぼくらは追いかけ合った。館の屋根や壁にはいくつもの大穴があいていて、そこからは柔らかな冬の陽《ひ》が音もなく降り注いでいた。

鏡に映るモモを追いかけていたぼくは、なぜか菊池さんの手を摑んでしまった。失礼、と言って手を離す。するとこんどは、いきなり現れた飛男とあやうくキスしそうになった。あぶないあぶない、こんなやつとファーストキスなんかしたら、一生悪夢にうなされる。

「サユリちゃんは？」って飛男が訊くから、そこに、と指差したけれど、彼女はもう逃げ去ったあとだった。

飛男はまた駆けていった。がんばれ、とうしろ姿に向かって呟く。

ようやくモモを追い詰めたときには、もうずいぶんと時間が過ぎていた。袋小路に追い込み、両手で逃げ道を塞ぎながら彼女に近づく。

モモは笑ってる。息を切らし、黒い瞳をきらきらと輝かせながら。鏡に映るモモも笑っていた。幾つもの彼女が、合わせ鏡の向こうで、わたしこそが本当のモモよとぼくを誘っていた。

でももう、ぼくは間違えたりしない。

「つかまえた！」

そう言ってぼくは彼女の手を握った。冷たい指だった。

「遅いよ」とモモは言った。

「待ちくたびれたわ」

「そうだね」とぼくは言った。

「待たせてごめん」

園の中央にはペニーアーケードがあった。小さなコインゲームをやらせる細長いエリアだ。ガラスの割れたピンボールマシーン、野球場の形をしたコリントゲーム、クレーンゲームにソーダ水の販売機、どれも薄汚れて埃《ほこり》を被《かぶ》ってる。

飛男が一台のピンボールマシーンに取り付き、プレイしてる真似をした。アメリカンフットボールの絵が描かれたすごくレトロなマシーンだ。

プランジャーでボールを送り出し、フリッパーボタンを軽やかにタップする。ホールディングにトラッピング、腰を台に押しつけナッジングでボールを望みのレーンに送り込む。

ほんとにプレイしているみたいだった。軽やかな効果音、明滅するライト、ズンと腹に響くようなバンパーの鈍い音……。

いつしかペニーアーケード全体が活気づき、かつての色彩を取り戻していた。

安物のスピーカーから流れ出るひび割れたBGM（曲はボーイズ・タウン・ギャングの「君の瞳に恋してる」だったかもしれない）、どこからか砂糖菓子の甘い匂いが漂ってくる。子供たちの歓声、遠く聞こえるローラーコースターのゴーォという鉄の響き。

ここはもしかしたら、ほんとに夢の中なのかもしれないな、とぼくは思った。記憶の中に生き続ける子供時代の永遠の憧憬……。

ペニーアーケードをあとにしたぼくらは、コーヒーカップをベンチ代わりにして、モモがポットに入れて持ってきたココアを飲んだ。

なんとなく成り行きで、ぼくらは男同士、女同士で一緒のカップに収まっていた。

そういえば、とぼくは思った。このカップでぼくと菊池さん、裸で抱き合ってたって噂されたんだよな。なんだか、信じられないな。そこにこうして、ぼくらみんなで座ってるなんてさ。

「もう少ししたらよ」と飛男が声を潜めるようにして言った。

「オレはサユリちゃんと町に戻る」

「えっ？　これからがいいところなのに」

「もちろんそうさ。だからこそ、だろ？」

「そうなの？」

「お前って、ときたまほんとに救い難いときがあるな？」

「うん？」

まあ、いいさ、と彼は続けた。

「ほら、サユリちゃんは南の国の子だろ？　彼女にこの寒さはきつすぎる。もうそろそろ限界なんだよ」

「あら、お優しい」

「当たり前だろ？　優しくなければ生きてく資格なんてないのさ」

「うわっ、かっこいいね」

「駅前の映画館に行こうと思うんだ」と飛男は言った。

「いま、リバイバルで『リトル・ロマンス』ってのが掛かってるらしいんだ。サユリちゃんが観たがってる。知ってるか？」

「うん、観たよ。ダイアン・レインが可愛いんだ。すっごいロマンチックなエンディングでさ、まさに、それが今日のデートのクライマックスになるはずだったのに」

「どういうことだ？」

「まあ、観ればわかるよ」

　ココアを飲み干した飛男は、「よし、いくぜ」と言って立ち上がると、軽やかに駆け出した。

　すぐ近くにあったローラーコースターの支柱にとりつき、スパイダーマンよろしく登り始める。たいして高くはないけど、それでも三メートルぐらいはあった。

ハイ状態がずっと続いていたぼくも、負けじとカップから飛び出し、飛男のあとを追って支柱をよじ登った。身体が軽い。これなら空だって飛べそうだ。

錆《さ》びたレールの上に立つと町並みが遠く見渡せた。風が髪を舞い上げる。

「まだ行くぜ」と飛男は言った。

「ついてこれるか？」

「軽いもんさ」とぼくは言った。

レール脇の保全用通路を登り始めると、下からモモの叫ぶ声が聞こえてきた。

「危ないから、やめなよ！　なにバカやってんのよ！」

「大丈夫だよ！」とぼくも叫び返した。

「気持ちいいよ！」

この頂きは、コース最後の山でたいした高さはなかった。二階の屋根ぐらいってところか。

風を受けながら目を細めて西の空を見る。もうすぐ日が暮れようとしていた。すでにうっすら赤く色付き始めている。綺麗《きれい》な夕焼けになるかもしれない。

「ばっちり決めようぜ」と飛男が言った。

「うん、そうだね。きっとうまく行くよ。なにもかも」

「オレたち伝説になるのかな？」

かもね、とぼくは言った。

「少なくとも、伝記には記されるはずだよ。永遠に読み継がれるんだ」

「たいしたこっちゃねえけど」と飛男は言ってニヤリと笑った。

「悪かないよな、そういうのも」

「うん」

53

飛男たちと別れたぼくらは、園の一番高い場所へ向かった。

歩きながら、モモはまだ怒っていた。

「ほんと、男ってくだらないよね。ああいう度胸自慢？ 女の子がいると、ますますヒートアップしちゃってさ、まるでお尻の真っ赤な誰かさんみたい」

「でもほら」とぼくは言った。

「ぼくらはスコットとマイクだからさ、ああいうのって、ちょっと映画のワンシーンぽくなかった？ 『マイ・プライベート・アイダホ』的とでも言うか」

モモは鼻で笑った。

「誰と誰ですって？　ローレルとハーディ？」

うわ、よくそんな古い名前知ってるな。チャップリンと同時代の極楽コンビ。たしかに、そっちのほうがしっくりくるかも。

「もうやめてよね」とモモは言った。

「心臓に悪いから」

「そうだね」とぼくは言った。

「もうしないよ。勇気は大切なことのためだけに使うことにする」


丘の高台に着くと、そこは木製デッキの展望台になっていた。ベンチが幾つか並び、コインを入れる双眼鏡もあった。

もしかして、とモモが言った。

「ここが例の？」

うん、とぼくは頷いた。そう、ここが例の「特定の場所」だった。

「へえ、こんなところだったんだ……」

いまや木製デッキはいたるところが穴だらけで、ベンチは脚が腐って傾いている。双眼鏡は錆びて永遠に北北西を向いたままだ。

それでも、ここからの眺めはやっぱり格別だった。まもなく陽が沈む。このデッキからだと、それがちょうど真正面に見えた。

いま、西の稜線《りようせん》に真っ赤な太陽が触れようとしている。

「つまりは、ここがわが町のため息橋ってことね」とモモが言った。

「そう、いつの頃からかね、みんなそれを噂するようになってた」

サンセットキス。この場所で日没にキスをすると、そのカップルはたとえ離ればなれになっても、いつかまた必ず再会できる。本家のベネチア版では「永遠の愛」ってことになってるけど、いつのまにか、ここではそれが「再会」って言葉に置き換わっていた。でも、こっちのほうが、いまのぼくらにはしっくりくる。

「噂は噂にすぎないわ」とモモは言った。

「信じて悲しい目に遭ったカップルもいたかも……」

モモは手すりに書かれた恋人たちの名前を指でなぞった。ヒロシとユミ、アキラとヨウコ、ミキとマサユキ……。

「これは悲しい思い出の記録なのかもしれない」とモモは言った。

「だって、そもそもなんで別れたの？ そんなに好き合っていたなら」

「たとえば」とぼくは言った。

「身勝手な大人たちの身勝手な事情とか？」

モモがくすりと笑った。

「ビンゴ。たしかに、ありそうな話ね」

「ようは二人の気持ち次第だろ？　じゅうぶん強く願えば、きっとまた会えるはずだよ。そのとき、初めて噂が伝説になるんだ」

「うん」とモモは言った。

「そうかもね……」

モモは一脚だけ生き残ったベンチに腰を下ろすと、自分の脇をぽんぽんと叩いた。ぼくは彼女の隣に座った。

「もうすぐ日没よ」

「予定ではあと、三分」

「ちゃんと調べてたのね。下心全開じゃない？　だから、あんな半端な集合時間だったんだ」

「まあね」とぼくは言った。微笑みながら西の空を見つめる。

すごい夕焼けだった。ぼくの胸の中のように真っ赤に燃え上がってる。

「また、モモと会いたいんだ。そのためなら、どんなことだってする」

「まるで、愛の告白みたい……」

「たぶんね」とぼくは言った。

「そうなんじゃない？　ぼくはそのつもりだけど」

「わたしも」とモモが言った。

「わたしも、またジロに会いたい。だって、ふたりはまだ始まったばかりじゃない」

彼女はポケットからポータブルカセットプレーヤーを取り出すと、そこに繋がったイヤホンのひとつをぼくに渡した。もうひとつは彼女の耳に。

モモがプレイスイッチを入れると曲が流れ出した。ザ・スミスの「Please, Please, Please, Let Me Get What I Want」。

踊ろうよ、とモモが言った。

ぼくらは立ち上がり、互いの腰に手を回した。

「慣れてないんだ」とぼくは言った。

「いいのよ。ただこうしていれば」とモモは言った。

「これが夢だったの」

ぼくらはそっと寄り添いながら、静かにステップを踏んだ。柔らかなコンパスがゆるやかに弧を描く。

ときおり、ふたりの脚がパズルのように絡まって転びそうになったけど、ぼくらは気にしなかった。

なんだか、いっそうふたりの距離が近づいたような気がした。

ぼくらは頬を寄せ合い、ひとつの音楽を分け合った。片耳だけのモノラル再生。触れそうなほど近くにモモがいる。彼女の息遣いを感じる。

モリッシーが唄っていた。

だから 一生に一度だけ
どうか 望むものを手に入れさせてくれ
誰も知らないけど いままでなにも手に入らなかった
誰も知らないけど 今度こそお願いだから……

夕陽が稜線に触れる頃、ぼくらは初めてのキスをした。

まるで祈りのようなキスだった。

青い惑星は音もなく回転し、やがて東の空から夜がやってくる。ぼくらは光と闇のはざまで愛を誓い合った。

十五の愛は、あまりに幼いものだけど、それでもぼくらは真剣だった。ふたりは、ふたりにしかできないやり方で互いを見つけ出した。新しい恋を発明し、その関係式を胸に刻み込んだ。

じゅうぶんに強くあれば、とぼくは思った。運命にだって打ち勝てるはず。

そうだろ？


「ずいぶん、熱がこもってたね」とモモが言った。

「なんだか、キスのあいだに太陽のまわりをぐるりと一周したみたいな気分よ」

「すごいな」とぼくは言った。

「ギネス級のファーストキスだ」

「ファーストキスだったの？」

「そうだよ、モモは違うの？」

「ほら、向こうじゃキスは挨拶みたいなものだから」

「ああ……」

「でも」とモモは言って、どこかはにかむような笑みを浮かべた。

「挨拶じゃないキスは初めてだったよ……」

## 54

学校では、もちろん、なにもなかったふりをした。

彼らは知らない。けれど、あの日没を境に、ぼくらは恋人同士になった。

もし、胸のうちの思いが言葉になって背中のパネルに映し出されていたら、きっとこんなふうに書かれていただろうね。

『このぼくが、あのモモの、ファーストキス（挨拶ではない）の相手なんだよ。信じられるかい？　まるで映画のようなキスだったよ。最高だった！　モモの唇はゼリーみたいに柔らかかったよ！』

『ちなみに、モモのセカンドキスとサードキス（挨拶ではない）の相手もぼくなんだよ！　おかわりあり？　って訊いたら、ありよ、って言ってくれたんだ。そのあとでぼくは鼻血を出してモモに大笑いされたんだけど、ぜんぜんそんなの平気だよ。とにかく、最高にロマンチックだった！』

『ぼくはモモが大好きだ。きみたちには申し訳ないけど、噂なんてものは蚊のオナラほどにも力を持たない。世界を変えるのはいつだって真実なんだ。いつかきみたちが出会う真実の愛に、心から祝福を送るよ！』

飛男は月曜からまた登校してきた（菊池さんはやっぱり来なかった）。なにも言わなかったけど、目が合うと親指をそっと立ててみせた。飛男たちもうまくいったらしい。まあ、当然だけどね。

ぼくらは教室のざわめきの中に深く潜行した。水面下で秘密のシグナルを送り合い、同調し、無言のカウントダウンを読み上げる。

クラスメートたちはなにも知らない。けれど、まもなくすべてが変わる。

## 55

12月24日。

ホームルームの時間も、体育館での終業式も、とくになにごともないままに過ぎていった。JGもR2も、高見アキも、みんなぼくらの企てを知らない。何度か目が合ったけど、なんの反応もなかった。まるで石ころでも見てるみたいな目だった。

モモと飛男も素知らぬふりを続けていた。

でもきっと、ぼくらの鼓動はシンクロしていたはずだ。高鳴る胸が最後の秒読みをしていた。

平静を装ってはいたけど、内心はドキドキだった。チョークノブ引っぱりっぱなしのエンジンみたいに、アイドリングはつねに高めだった。

「調子はどう？　準備はできた？」

校長の挨拶のとき、SF男子の彼がそっと声を掛けてきた。

「うん、ばっちりだよ。ゆうべはまったく眠れなかったけど元気いっぱい。あとはやるだけ」

ぼくは「ごくうすい仲間意識で結ばれたマニア連合」から、原稿や脚本を書くためのアドバイスをもらっていた。彼らは頼りになる。へたな秀才くんより、よっぽど実際的な知識を蓄えてるからね。彼らはいわば、「匿名の支援者」たちだった。

「がんばれ」と彼は言った。

「ぼくらがついてるよ」

「うん、ありがとう」


終業式が終わって体育館から教室に戻る途中、ミィと一緒になった。

「ねえねえ」と彼は声を潜めて言った。

「ぼく昨日の夕方、飛男とサユリちゃんが手を繋いで歩いてるとこ見ちゃったんだ」

「へえ」とぼくは言った。

「どんな感じだった？」

「なんか、すっごくいい感じだったよ。ジョンとヨーコみたいなの」

「うん、それはよかった」

「驚かないの？」

「いや、そんなことないよ」

そこでミィは一瞬黙り込んだ。隠されたヒントでも探すみたいに、廊下のタイルをじっと見つめる。

数人の男子がプロレスのまねごとをしながら、ぼくらを追い越していった。

やがてふたたび顔を上げたミィは、妙に熱っぽい声でぼくに言った。

「ねえ、これが真実ってやつ？」

「うん？」

「感じる、ってこと」

「ああ、そうかもね」

「ふたりは、ずっと好き合ってたんだ。噂にはまったくならなかったけど。でも、きっとそうなんだよ」

「うん、ぼくもそう思うよ」

「やっぱり知ってたんだね？」

「いや」とかぶりを振る。

「ぼくも知ったばかり。ずっと噂を信じてたんだ」

なんだ、とミィが嬉しそうに言った。

「じゃあ、一緒じゃん」

うん、とぼくは頷いた。

「じつを言うとね、ぼくも、ようやく目が覚めたとこなのさ」

## 56

終業式のあと、いったんアパートに戻って最後の点検をした。機材は大きなバッグに入れてぼくが持っていくことになってる。決行は四時だったから、家を出るまでにはまだしばらく時間があった。

昨夜の残り物のコロッケで昼をすませると、畳の上にゴロリと寝転がった。いま頃になって急に眠気が襲ってきた。もう三十時間以上眠っていない。少し休んでおいたほうがいいかもしれない。座布団をふたつ折りにして枕代わりにする。

目を閉じ、モモのことを考える。

モモはいま、なにをしてるんだろう？　あと数時間で彼女の人生は一変する。モモが失うものはとんでもなく大きい。庶民のぼくとは比べものにならないくらい。なんたって彼女は王女なんだから。

「ひとの不幸を喰らって肥え太る豚になる気はないわ」とモモは言った。「革命を起こすの」とも。

「小さな町の小さな革命。でも、それは始まりに過ぎないの。わたしのような子たちが、どんどんと声を上げていけば、少しは彼らだって考えるはず。わたしたちは『国境なき少年少女団』なのよ。大人たちが駄目にしてしまったこの世界を子供たちが変えるの」

「子供たちは大人たちがやることをじっと見ている、知っている。そのことに気付いてほしいの。彼らは恥じ入るべきよ」

たしかにそうなのかもしれない。でも、モモ、きみはほんとにそれでいいの？　もちろん、ぼくはモモを全面的に支持する。そうすることがぼくの使命だとも思ってる。

それでも、つい思っちゃうんだ。きみは自分に厳しすぎるよ。たった十五で、そんな苦しみを背負うなんてさ。もっと別の生き方だって選べたはずなのに。きみはまるでいばらの冠をかぶった嘆きの女王だ。ときおり、どうにもやり切れなくなる。

モモのこと好きだから。ぼくは、その笑顔をずっと見ていたい……。

# 57

セットした目覚ましの音で目が覚めた。三時三十分。ぼくは手早く準備をすませると、ダッフルコートを羽織ってアパートを出た。歩いて工場の正門に向かう。

空はどんより曇ってる。北風に電線が鳴っていた。まるで、町に張り巡らされた巨大な弦楽器のようだ。きっとこれは、天の誰かが奏でるぼくらのサウンドトラックだ。勇壮で、でも、どこかもの悲しい。

今日はクリスマスイブだ。世界中の人々が優しい気持ちでいっぱいになる日。なん億ものにわかサンタが、ありったけの優しさを大盤振る舞いし、「愛を込めて」と書かれた無数のグリーティングカードが、この星の空を駆け巡る。

よき行いをするには、たしかにふさわしい日と言える。

ぼくらも、誰かのサンタになれるだろうか？　清くつましく生きているひとびとに、ほんのわずかでも、愛と安らぎを与えることが……。

少し早めに着いたけど、すでにふたりは来ていた。

「やあ」とぼくは言った。

「さっそくお願い」とモモが言った。

少し顔が青ざめている。彼女は白いハイネックの上に真っ赤なレザーコートを羽織っていた。下はいつものブラックデニムだ。

ぼくはモモのセーターの胸にピンマイクを取り付けた。発信器をコートの下、腰のベルト部分に装着する。

ぼくは受信機のスイッチを入れ、感度をたしかめた。

「なんか言って」

「ジロ、愛してるよ」

飛男がこっちを見てニヤリと笑った。

「OK」とぼくは顔を赤らめながら言った。

「ちゃんと聞こえたよ」

「そう」とモモはすまし顔で言った。

「気持ちが通じてうれしいわ」

そのあとで今度は飛男と自分の準備をする。機材はすべて隣町のショップでレンタルしてきた。家にも同じようなモノが転がっていたから、使い方はよく知っている。

ビデオのスイッチを入れ、モニターを覗《のぞ》き込む。

「ばっちりだ」とモモにレンズを向けながら言う。

「さすが女優の娘だね」

モモがこっちを見て投げキスをよこした。慣れたものだ、様になってる。さすがMM。

すべてのスタンバイが終わると、飛男は両手を広げてぼくらを招き寄せた。

ふたりの肩を抱き寄せ、さあ、と耳元で囁く。

「ついに伝説のショーの幕開けだ。ひとつ派手にやらかそうぜ！」

そして、あの曲を口ずさむ。

空と火と地と水が　変化の均衡を保ってる……

飛男はふたりから身を離すと、定められた自分の立ち位置に向かってゆっくりと歩み去った。

## 58

ふたりだけになると、モモはコートのポケットから白い封筒を取り出し、ぼくに差し出した。

「約束の報酬」と彼女は言った。

「え？　まだなにも書いてないよ」

「前払いよ。全額渡しておくわ。最初からこうするつもりだったから」

「そうなの？」

「そうよ。ちゃんといいもの書いてよね」

「うん……」と、ぼくはためらいがちに頷いた。

そして、すぐに思い直し、封筒に伸ばしかけた手を引っ込める。

「やっぱ、受け取れないよ……」

「いまさらごちゃごちゃ言わないで」とモモは言った。

「フェアな取引がしたいの。わたしたちの関係やいまの状況がどうであろうと、取り交わした契約は守りたいのよ。どうか、そうさせて」

オネガイダカラ、と最後にモモは懇願するというよりは、どこか脅しつけるような調子でそう付け加えた。

そう……、たしかにそれがモモの身上《しんじょう》だった。フェアであること。だとすれば、この報酬は、モモにとってきわめて象徴的な意味を持つことになる。

自分は父親のような生き方はしない。けっして……。

「わかった」とぼくは言った。

「ありがとう、もらっておくよ」

ぼくはモモから封筒を受け取るとコートの内ポケットにしまった。

「ちゃんと伝記は書き上げる。ぼくもフェアな取引がしたいから」

「あったりまえでしょ」とモモは言った。

「そうでなきゃパンチだからね」

その言葉に思わず笑ってしまう。モモってほんと強いな。いつだってユーモアを忘れない。

さて、と言って、ぼくはちらりと工場に目を向けた。

「いよいよ本番だね」

まもなく四時になる。シフトの入れ替え時間だから、きっと大勢の従業員たちがここを通るはずだ。

「大丈夫？　ほんとにいいんだね？」

モモは静かに頷いた。

「準備はOKよ。いつだって始められるわ」

「そろそろ、サイレンが鳴るはずだよ」

「そっか」とモモは言った。

「ふたりだけの時間もあとわずかってことね……」

うん、とぼくは頷いた。

「だから……、いまのうちに言っておこうと思うんだけど」

「うん、なに？」と言ってモモがぼくの目を見た。

思わずドキッとする。いつだって、モモの視線はぼくの魂に直接触れてくる。まるで黒いビロードの手袋で肋骨《ろっこつ》を内側から撫《な》で上げられたような気分だ。

「なんていうかさ……」とぼくは言った。

「その……、すごく幸せだったよ。こんな気持ち初めてだ。きっとこれはモモだけのための、とくべつな感情なんだと思う。モモと出会えて、ほんとよかったよ」

モモは一瞬ひどく無防備な顔になった。

「ジロったら……」と呟き、ぎゅっと下唇を噛《か》みしめる。見るまに瞳が潤んできた。

彼女はその小さなおでこを、ぼくの鎖骨の窪《くぼ》みにコトリと置いた。

「ありがとう」とモモは囁いた。

「そんなふうに言ってくれて」

「最高の五ヶ月間だった」とぼくは言った。

「自分の人生に、こんなすごいことが起きるなんて夢にも思ってなかった」

「うん……」

まるでさ、とぼくは震える声で続けた。

「まるで、映画のような恋だった。すべては、あの小さな本屋から始まったんだ。ふたりが初めて言葉を交わしたあの場所から。思えばあれが、ぼくらのファーストシーンだったんだ……」

「すごいドキドキしてた」とモモは言った。

「めちゃくちゃ緊張してたんだ」

「そうなの？　ぼくは怒ってるんだとばかり思ってたよ」

「そんなはずないじゃん」とモモは言った。

「必死だったんだよ。断られたらどうしようと思って」

「なんてしおらしいことを」

モモがぼくのお腹にぎゅっとこぶしを押しつけた。

「わたしをなんだと思ってんの？　誰だって恐いにきまってるじゃない」

「そう？」

「そうよ」

だって、と言って、モモはぼくの胸にそっと頬を押しつけた。

「それが、恋ってもんでしょ？」


そっか、とぼくは思った。モモはあのとき恋をしてたんだ……。

とてもありそうにないことだけど、まるで夢のような話だけど、でも、きっとそれはまぎれもない真実で、だから、ぼくらはいまこうして互いの鼓動を感じ合ってる。

しがない新聞記者に王女が恋をする物語だってある。だったら、こんなふたりの恋があってもいいはず。

まるで映画のような恋。

ならば、終わりも映画のように。

## 59

もっと長くそうしていたかったけど、運命の時はすぐにやって来た。工場のサイレンが高らかに鳴り響く。なんだか、ぼくにはそれが世界の終わりを告げる天使のラッパの音のように聞こえた。

しばらくすると、シフトの終わった従業員たちがぞろぞろと工場から出て来た。

さあ、とぼくはモモの耳元で囁いた。

「ついに始まるよ。がんばって」

「うん」とモモが頷く。

ぼくは彼女から三メートルほど退くとカメラを構えた。電源を入れ、録画ボタンに指を掛ける。

これから起きる出来事の目撃者となり、それを記録するのがぼくの役目だ。証拠の映像を残しておくことはとても重要だ。工場がもみ消そうとするかもしれない。モモは天性の女優だ。このドキュメンタリーフィルムは、きっとぼくらの強い武器となってくれるはずだ。

　ぼくらの姿に気付いた従業員たちが、なにごとかと足を止める。その中には、あらかじめ飛男の父親が声を掛けておいた「同志」たちの姿もあった。彼らはとても重要な役割を担っている。人数が多いに越したことはないんだけど、とことん信用できる人間だけに声を掛けたので、どうしても数は限られていた。

　数分も経つ頃には、かなりの人垣が出来ていた。これだけの聴衆（つまりは目撃者）が集まればじゅうぶんだ。ついにショーを始めるときが来た。

　ぼくはカメラの録画ボタンを押すと、空いている指でそっとモモにキューサインを送った。

　スピーチ、スタート。

「みなさん、こんにちは」とモモは言った。

　マイクで拾った彼女の声は、ぼくの足元に置かれたアンプで増幅され、けっこうな音量となってあたりに広がった。

「わたしは、この工場の支社長である南川弘の娘、モモです」

　彼女が何者か知らない従業員たちもかなりいたようで、一瞬あたりにざわめきが起こった。

「これから、わたしは自分が知りえた事実をみなさんに語ろうと思います。そして、工場の不正を正し、公正な労働条件のもとでみなさんが働けるよう、父をはじめとする工場幹部たちに訴えるつもりです」

大きな歓声が上がった。拍手する者もいる。

聴衆が一気にヒートアップしてきた。なんだか、ちょっとしたギグみたいだ。人垣のうしろに目を向けると、大慌てで工場に駆け戻る若者の姿が見えた。きっと誰かを呼びに行ったんだろう。

「いまから八ヶ月前」とモモは言った。

「わたしは父の書斎で、この工場で行われている不正に対する内部調査の報告書を目にしました。これは、新しく赴任した支社長に渡される前任者からの申し送りのようなものです。歴代の支社長はすべてこの不正を知っています。あるいは、それを指示しています。これは会社ぐるみの不正なのです」

ふたたびどよめきが起こった。会社に向けた抗議の声が上がる。モモは続けた。

「工場はお金でこの町を支配しています。行政との癒着はすでに秘密ですらありません。工場はこの町の水や土を汚しています。でも、誰もそれを咎めようとはしません。多額の賄賂《わいろ》が告発すべき人間たちの口を封じているからです。定められたルールを守ろうともせず、工場の幹部たちにとって、この町は自分たちの領地のようなものです。彼らは工場から与えられた権力を、まるで魔法の杖《つえ》のように振り回しながら、わが物顔でこの町を闊歩《かっぽ》しています」

　人垣がさらに増えた。従業員ばかりでなく、通りすがりの住人たちも足を止めて、モモの言葉に聞き入っている。

「そして、労働問題があります」とモモは言った。

「低く抑えられた賃金、長時間労働、劣悪な労働環境、不当な解雇。工場はこれらの不正を隠すために偽の書類をつくり、それを行政に提出しています。いわゆる二重帳簿です。過度な残業の数字は書き換えられ、従業員たちは本来受け取るべき報酬を受け取っていません」

　聴衆はすっかりモモの話に引き込まれていた。

　スピーチの原稿は、ぼくが「ごくうすマニア連合」と相談しながら書いたんだけど、彼女はところどころに自分の言葉を挿《さ》し込みながら話していた。用意した原稿を広げようともしない。セリフはすべてインプット済みだ。さすがはモモ、堂々たるアリアだ。

「わたしはこの事実を確認するために、級友の男子生徒に協力をお願いしました。彼は彼の父親を通じて、様々な内部の情報をわたしに教えてくれました。残業時間の改《かい》竄《ざん》は現在も行われています。わたしは、彼とふたりで工場で働くみなさんの退社時刻を記録しました。写真も撮りました。すべては証拠として残すためです」

警備員たちが工場から走ってくるのが見えた。

すべては想定済みだ。いよいよ、クライマックスが近づいて来た。

「それと並行して、わたしは父に訴えました。このときはまだ、報告書を盗み見たことは伏せていました。ただひとから聞いた話として、工場で行われている不正を父にぶつけ、それを正すように迫ったのです」

五人ほどの警備員が人垣の背後に迫った。強引に聴衆をかき分け、ぼくらに迫ってくる。

と、同時に、数人の若い従業員たちが人垣から離れこっちにやってきた。モモを半円状に囲み、人間の楯《たて》となる。彼らこそが「同志」だった。みんな飛男の父親の仲間だ。

彼らには徹底した非暴力を訴えてあった。もしも暴力に対して暴力で応えたなら、ぼくらは工場側の人間と一緒になってしまう。それじゃだめだ。理性こそがぼくらの武器なのだから。

とことんクレバーに。じゅうぶんに賢くさえあれば、ぼくらは世界だって変えられるはず。

「――父は」とモモは動揺しながらも、さらに続けた。

「まったく聞く耳を持ちませんでした。すべては従業員たちがでっちあげたこと、彼らはこちらが少しでも譲歩すれば、とことん付け上がってくるのだとも言いました。菊池さんの不当解雇についても、取り消すように求めましたが、父は頑として受け入れてくれませんでした。子供が口出しすることではない、と完全にはねつけられてしまいました……」

警備員が人間の楯を崩しに掛かり始めた。拳こそ使わないけど、かなり乱暴なやり方で彼らを攻めてくる。

やがて、ひとりが引き剝がされ、さらにまたひとりが引き剝がされた。どこか傷めたのか、初めに引き剝がされた青年は地面に突っ伏したまま立ち上がることができない。

聴衆は騒然としていた。怒号が飛び交い、工場のやり口を非難するシュプレヒコールが湧き起こる。

人垣の中から人間の楯に加わる従業員たちも出てきた。工場側の人間もどんどんと集まってくる。幹部たちや、彼らの側に付いた従業員たちだ。

さらに気付くと、いつのまにかJGとR2までもが姿を見せていた。誰かが電話で連絡したんだろう。彼らは仲間の男子を従えて、ぼくらに攻め込んできた。

「わたしは、まだ未成年の子供です」

モモは人間の楯に守られながら、そう続けた。

「けれど、正義がなんなのかはわかっています。子供は口出しすべきでないと言うのなら、誰がこの不正を訴えるのでしょう？　大人たちはなにもしてくれません。わたしは心を決めました。もう黙っていることなんてできない。誰かの苦しみの上になりたつ繁栄や幸福は間違っています。わたしの恵まれた生活が、みなさんの汗や涙と引き替えにもたらされたものなら、わたしは、それをお返ししなければなりません」

工場側の人間たちが苛立《いらだ》って、ついに拳を使い始めた。楯がどんどん崩されていく。それでもまた誰かがそこに加わり、ぎりぎりのところで攻防は続いていた。モモはまだ無事だ。

ＪＧとその一派がぼくの方に向かってきた。けれど、ここにもまた新たな人間の楯がつくられ、彼らはそこに阻まれた。

工場の従業員たちに混じってぼくを守ってくれたのは、なんと、あの「ごくうすマニア連合」の連中だった。ＳＦ男子の彼、鉄道マニア男子、将棋マニアの秀才くんもいる。

「なぜ、みんな？」

「乗りかかった船さ」

ＪＧたちに揉《も》みくちゃにされながら、ＳＦ男子の彼が叫ぶように言った。早くも眼鏡が吹き飛んでいる。

「それとも、義を見てせざるは勇なきなりってとこかな？　ぼくらはきみに借りがあるからね！」

みんなめちゃくちゃ頑張った。こういうことにまったく不慣れな連中なのに、少しも怯《ひる》むことがなかった。たいしたやつらだ。

彼らは工場側の連中がどれだけ乱暴な振る舞いをしようと、けっしてやり返そうとはしなかった。徹底した無抵抗主義。われらガンジーズだ。

「大事なのは気付くことです」とモモは言った。

「自分の目で見つめ、真実に触れ、そして行動を起こすのです。あなたたちの父親がよくない行いをしているのなら、それを正すように訴えるのです。傲慢で身勝手な振る舞いをする人間を見逃してはいけません。気付き、行動することによって、彼らを孤立させるのです。彼らはひとりではなにもできないのだから。わたしたちには力があります。わたしたちはひとりではありません。それに気付くべきです。じゅうぶんに賢くさえあれば、世界は変えられるはずです。彼らが百通りの悪事や暴力の手口を発明するのなら、わたしたちは千の対抗手段を発明するのです。非暴力のスキルをとことん磨き上げ、大人たちが台無しにしてしまったこの世界を取り戻すのです——」

それが最後だった。まるでダムが決壊するように、すべてが粉砕された。人間の楯はバラバラに崩され、粗野で横暴な者たちの手によって地面に叩き付けられた。

ぼくのカメラはJGに奪い取られ無残に破壊された。転がり出たテープをR2が拾い上げた。彼はポケットからライターを取り出すと火を点《つ》け、手にしたテープに近づけた。

すべてがスローモーションを見ているようだった。間延びした怒号の中、炎がぼっと燃え上がる。

モモの腕を警備員が摑んでいるのが見えた。ぼくはひとをかき分け、彼女のところに向かおうとした。

「やめろーっ!」と叫ぶ。でも、少しも響かない。まるで自分の声じゃないみたいだ。

JGがぼくの背後を指差し、大声で叫んでる。

「飛男がいたぞ! 捕まえろ!」

モモに向かって走りながら振り返ると、コートとハンチング帽で変装した飛男がもう一台のカメラを天に向かって突き上げながら、雄叫《おたけ》びの声を上げているのが見えた。

「われら勝てり! 革命は成功したぞ!」

JGの一派が迫るが、飛男はNFLのランニングバックさながらのステップで彼らをかわし、そのまま彼方《かなた》にあるゴールポストに向かって走り去っていった。

よくやったぞ飛男! 心の中で、そう叫ぶ。

モモは警備員の男にどんどんと引きずられていく。工場の中に連れ込まれようとしている。どこかでパトカーのサイレンの音がする。犬が鳴き、鴉《からす》が空を舞う。

駆け回る群衆の中にアルおじさんの姿が見えた。母さんもいる。

菊池母子が倒れた従業員たちに声を掛けている。陰で様子を見ていたはずの飛男の父親が、群衆の中心に立ってなにかを叫んでいる。

モモがぼくに気付いた。

「ジロ！」とぼくを呼ぶ。

「モモ！」

あともう少しで追いつく。モモが精一杯差し伸べた手にぼくの指が触れる。

手を繋げば彼女を取り戻せる。ぼくらはいつだって一緒なんだ。けっして引き裂かれたりしない！

突然、がっちりと肩を摑まれた。万力みたいな手だ。振り向くと、ＪＧがそこにいた。

「ジロ！」とふたたびモモが叫んだ。

「モモ！」

「気に入らねえな」とＪＧがぼそりと呟いた。

「柄にもなく、ヒーローを気取るんじゃねえよ」

次の瞬間、ものすごい拳が顔面に飛んできて、ぼくは地面に崩れ落ちた。

どっかでこの場面見たよな、と思ったけど、どこなのかは思い出せなかった。
去り行く意識の中、はるか遠くにモモの声が聞こえた。
「ジロー！」と彼女は叫んでいた。
すごく悲しい声だった。

ジロー！

ジロー！

ジローッ‼

# 60

これで、「彼女の物語」の本編はおしまい。あとは、いわゆる「その後のお話」ってやつが残ってるだけだ。

まず、最初に言ってしまうと、この日以来、ぼくとモモは一度も会っていない。彼女がどこにいるのかもわからない。

モモにしても、それは一緒なんだと思う。ぼくはさんざん引っ越しを繰り返したから（しかも、人目を避けながら）。いまや、ぼく自身が立派な「蒸発者」だ。

もう、みんな気付いていると思うけど、あの日の出来事は、ぼくらが仕掛けた壮大な即興劇みたいなものだった。おおむね筋書き通り。悪役は、つねにそれらしく振る舞うものだ。

ぼくはダミーだった。飛男からみんなの目を逸らさせるのがぼくの役目だ。みんな見事にはまってくれた。飛男は最後までノーマークだった。

もちろん、ぼくがやったのはガンジーの物まねだ。無抵抗を貫き、その姿を報道してもらって世論にうったえるってやつ。

映像は言葉よりも伝わりやすい。百聞は一見にしかず。モモはカメラ映りが抜群だから、説得力が半端じゃない。

でも、これによって、モモのプライバシーは完全に崩壊する。だから、ずいぶんと相談した。ほんとにいいの？　って。でも、モモはやる気満々だった。カンフル剤になりたいの、って彼女は言った。みんなの目を覚まさせるのよ。

あるいは、モモはやっぱり生まれながらの女優だったのかもしれない。女優っていうのは、大昔なら巫女《みこ》とかシャーマンみたいな役目も果たしていたはずだ。「目覚ましびと」になるっていうのは、けっこう自然なことなのかもしれない。

「国境なき少年少女団」って言葉を最初に口にしたのもモモだった。

大人たちはズルイって、彼女は言った。権力が大好きで、独善的で、欲深くて、不寛容で、ケチで、とことん排他的で攻撃的。そんなマッチョな大人たちが、社会の天辺《てっぺん》にはいっぱいいて、彼らがみんなを苦しめてる。

だから立ち上がるの、とモモは言った。

モモはお父さんの不正に気付いてから、ずいぶんと勉強したみたいだ。いまの世界は、なんでこんなものか？　誰がこんな世界をつくったのか。

「ずっと、ずうっと昔はもっと母性的なものが世界のルールをつくっていたのよ」とモモは言った。

「気前がよくて、面倒見がよくて、優しくて、自分と違ってても嫌ったりなんかしない。弱くたっていい。下手《へた》くそだっていい。そういうひとたち」

こういった世界は、なにかを成し遂げるには時間が掛かるけど、みんなが幸せでいられる。

「でも、富の概念が生まれた途端に力の原理がしゃしゃり出てきた。パパの工場は、まさにこの社会の縮図みたいなものよ。彼らの不正を暴くことは、すごく象徴的な意味を持つの。みんなに気付いてもらいたい。巧みな嘘や噂なんかに惑わされたりせずに、自分で考えて、真実を見抜くの。そして欲深い大人たちを孤立させるの。おこぼれに与《あずか》ろうなんて考えたりせずに、彼らを孤立させて、恥じ入らせるのよ」

彼女の信念は揺るがなかった。借りたものは返さなくちゃね、とも言っていた。これは、せめてもの罪滅ぼしなのよ……。


ということで、飛男が撮ったビデオ映像は地元のローカルTV局にその日のうちに持ち込まれた。夕方のニュース番組で放映されると、すさまじい反響が起きて、映像はあっというまに全国に広がった。すべては予想通り。

その後の展開は早かった。

モモの父親は解雇された。工場の幹部たちにも大幅な降格や減給が言い渡された。

ＪＧとＲ２の父親たちが、ほとんどの不正の首謀者だった。もういままでのように彼らが甘い汁を吸うことはできないだろう。

行政の徹底した調査が入り不正が次々と暴かれていった。癒着や収賄、横領が明るみに出て、不正を働いていた人間たちにしかるべき処分がなされた。モモのパパはぎりぎりのところで起訴を免れた（あるいは、裏でなんらかの取引がなされたのかもしれない）。

工場の排水はクリーンになり、駅前の不正駐車もなくなった。

もちろん、労働条件も大幅に改善された。未払いだった残業手当はすべて支払われた。労働に見合った賃金が約束され、従業員たちが会社側の都合で不当に解雇されることもなくなった。

菊池さんのお母さんと飛男のお父さんも、もとの職場に戻ることができた。

もちろん、菊池さんと飛男の仲もばっちりだ。ふたりはいつか結婚するんじゃないかな。

やれ、めでたし、めでたし……。

でも、ほんとにそうなんだろうか？

いまだにぼくの中には、なにか言葉にならないモヤモヤしたものがあって、それが灰の中の熾火《おきび》のようにずっとくすぶり続けている。

たぶんそれは、ぼくがモモに恋してることと、どこかで繋がっている。

モモは消えてしまった。ぼくらは引き裂かれた恋人たちだ。

いっときはマスコミがえらい勢いでモモのことを追っていたけど、けっきょく誰もその姿を捉えることはできなかった。

ものすごい美人だし、支社長の娘が父親の不正を告発するっていうのは、ゴシップ好きの視聴者にとってはたまらないご馳走《ちそう》だからね。きっとそうとうな金と労力を掛けて、モモを追ったんだろうけど、彼女は見事に逃げ切った。それにしても、タブロイド紙やゴシップ週刊誌が書いた彼女の記事は、ほんとにひどいものだった。嘘や悪意的な曲解、下品な覗き趣味。これじゃあ、粘着質で根暗なティーンエイジャーの憂さ晴らしとちっとも変わらない。なんだか、怒りを通り越して、もの悲しい気分になってしまった。


噂で聞くかぎり（すべてはアルおじさんからの又聞きだ。噂は噂でしかないけど、まあ、それでも）、モモのパパとママは別れなかったみたいだ。しばらくして、ふたりはよその町に引っ越していった。

会社を解雇されたパパが、のちにどんなふうになったのかは知らない。使いきれないほどの貯金があったんだから、いきなり路頭に迷う、なんてことはなかったはずだ。きっと、いまも気ままにやってるんじゃないのかな。自分のブランドを立ち上げたりとかね。

モモは、しきりに両親の離婚と孤独になったパパの先行きを心配していた。じつは、モモとパパの言い合いをママがこっそり立ち聞きしてた。映画でもよく見るよね。ガタッて音がして振り向くと、そこには一番聞かれちゃマズイひとが立ってたってやつ。ママはすべてを知ってしまった。不正ばかりじゃなく、じつはパパが浮気をしてたってことまでもね。モモはこのことをずっと悔やんでた。ママはあんなふうにパパの浮気を知るべきじゃなかったって。

でも、夫婦って不思議だ。ママは落ちぶれたパパを見捨てなかった。浮気には目をつぶり、すっかりしょげ込んでしまった彼を支えていこうって、そう思ったんだから。けっきょく、モモひとりが家族の悪者となって家を出た。

多分最初は、ジュン兄を頼って行ったんじゃないかな。そんなふうに言っているの聞いたこともあったから。

そこから先の筋書きは無限大だ。モモの可能性は限りない。彼女なら、なんにだってなれる。もちろん、超美人な女彫刻家にだってね。

ぼくの人生も大きく変わった。あまりにも目立ちすぎてしまったから。全国ネットのニュースにもばっちり映ってたし。

JGからビデオカメラを奪い取られるシーンなんだけど、なんか社会派ドラマの主人公みたいで、ぼくはけっこう気に入ってる。キアヌとは言わないまでも、若きジャーナリスト役としては、まあまあのカメラ映りだったんじゃないかな。

でも、もちろん、これはすごくマズイことだ。借金取りが見てたら万事休すだ。

その翌日には、ぼくらはもう町を出ていた。あまりの段取りのよさに驚いたら、すべては、ぼくの父さんが裏で手引きしたことだった。

母さんと父さんはいつだって繋がっていた。町に借金取りが来たとき、母さんはすぐに父さんに連絡を入れた。その日以来、ずっと父さんは密《ひそ》かにぼくらのことを見守ってくれていた。なんのことはない。ぼくが怯えた電柱の人影は父さんだった。

同時に、父さんはぼくらが町を出るための準備も進めていた。よその町に部屋を借り、少しずつ荷物を移していく。気付かなかったけど、実はアパートの部屋からいろんなもんがなくなっていた。トースターとか、古いアルバムとか、夏用のタオルケットとか。

以来、ずっと父さんとは付かず離れずの状態が続いている。どうやら、借金を返済する目処《めど》も付いたようだ。父さんは、なにかとんでもない肉体労働をしていたみたいで、昔の姿からは想像もできないくらい逞《たくま》しくなっていた。「タクシードライバー」のデ・ニーロみたいだった。あの、フルタイムドリーマーの父さんが(もちろん、モヒカンにはしてないけど)。

もう少ししたら、また三人で一緒に暮らせるはずだ。

とりあえず、ぼくはなんとかやっている。

けっきょく高校にもまんぞくには通えなかったけど、脚本の勉強だけはずっと続けている。

教科書はもちろん『ハリウッドで脚本家になるための近道マップ』。

モモがくれた報酬で買った。

そうそう、報酬と言えば、あのときぼくがモモから受け取った封筒には、紙幣と一緒に手紙も入っていた。これはぼくの宝物だ。何度も読み返しては、あの頃のことを思い返す。くじけそうになったときとか、これを読むとすごく勇気付けられる。

ぼくらはすごいことを成し遂げた。誰にもできないようなことをやってのけた。信じられないくらい魅力的な女の子に恋して、彼女のファーストキスの相手にもなった。

それにくらべりゃ、ハリウッドなんてちょろいもんだ。ぜったいやれる気がする。

なんたって、ぼくは恐れ知らずの天才ライターだから。

この「伝記のようなもの」の終わりに、モモからの手紙も載せておこうと思う。最初は、ほんとに伝記みたいなものを書いたんだけど、いろいろ考えて、結局はあの五ヶ月間の日々を書き残しておくことにした。そのほうがみんなにもモモのことがよく伝わるだろうと思う。

彼女はすごくキュートな女の子だった。賢くて、公正で、強くて、そしてゼリーみたいに柔らかくて。ハリウッド級の女優なもんだから、ぼくは何度も騙《だま》されたけど、真実の彼女はいつだって最高だった。

彼女はとっても複雑だ。でも、ぼくらならわかる。心の奥の部屋に隠れている小さなモモに触れることができる。やあ、と声を掛け、一緒に外に歩き出すことも。

だから好きになった。

この星にあるものすべての中で、なによりもモモが好きだ。いや、違うな。全宇宙と言いなおそう。いまもぼくは全力で彼女に恋してる。

モモがこの空の下のどこかで、陽気な笑顔を浮かべているって思うだけで、ぼくは幸せな気分になれる。

すごいなモモ。やっぱりきみはぼくの特別だよ。

＊

ハイ、ジロ。

ジロがこれを読んでいる頃には、すべては終わってるはずよね。

大丈夫、きっとうまくいくわ。ジロの脚本は完璧よ。わたしの目に狂いはなかった。当たり前だけどね。

ジロのことは、ずっと見ていた。気になってしょうがなかった。なんでだろうね？

ジロはわたしの基準で言えば、そうとうにカッコよかった（わたしは変わり者なの。だから、あんまり真に受けないで。あくまでも、これは個人的見解だから）。

学年の初めに書かされた「将来の夢」ってあったでしょ？　ジロは「ハリウッドの脚本家になりたい」って書いてたよね。その恐れ知らずなところが、すごくクールに見えた。自分でも不思議なくらい感動したのよ。

野球選手でも、会社の社長でも、パイロットでもなく、ハリウッドの脚本家。

なんなのこのひと？　って思った。たぶん、意識するようになったのは、あのときから。

それに、ジロの文章はすごくユニークだった。このひとには「声」がある、ってそう思ったの。ウィットがあって、温かくて、わたしの心にあまりにすんなり馴染《なじ》むのだから、ちょっと恐くなったくらい。共鳴っていうの？　わたしたちは、よく響き合うのね。ひとつの音叉《おんさ》のふたつの金属棒みたいに。

まわりの子たちから、ジロの家のことも聞いた。わたしには想像もできないくらいたいへんな思いをしてるんだろうな、って思った。

じつはわたし、あの本屋さんや図書館でジロを何度も見掛けてたのよ。ジロは本に夢中で気付かなかったみたいだけど。あの本がどんな内容なのかも知ってた。

その頃からかな、だんだんと、わたしの中でひとつの筋書きが出来上がっていったのは。

このひとにはすごい才能がある。わたしは、その才能を伸ばす手助けをしたい、ってそう思った。

カッコつけて言うなら、わたしはジロのミューズになりたかったの。

パパの浮気に気付いたのも、ちょうどその頃。

だいたいのことは話したと思うけど、ジロにはすべてを知ってて欲しいから、きちんと書いとくね。

電話を聞いちゃった次の日、わたしはこっそりパパの書斎に忍び込んだ。浮気の証拠を探そうとしたのよ。どんな関係なのか、いつから、どんなふうにママを裏切っていたのか。

デスクの引き出しにはロックが掛かってた。けど、プラチナ製のペーパーウェイトの下を探したら、あっさりとキーが見つかった。このへんは親子だから、ピンときちゃうのよね。どんなところに隠すかなんてさ。

そしたら、中から例の文書が出て来たってわけ。

あまりのことに脚が震えた。だって、浮気どころじゃないでしょ？　これはもう、立派な犯罪よ。大急ぎですべてに目を通して、とりあえずその日は部屋をあとにした。あとから気付いてコピーを取ろうとしたんだけど、もうそのときは書類はなくなっていた。当たり前よね。あんな危険なもの。ほんとうならスイス銀行の地下金庫にでもしまっておくべきよ。

こっそり飛男に声を掛けて、初めは文書のことは伏せて彼にいろいろと訊ねた。とくに労働問題ね。聞くと、ほんとにひどいものだった。

搾取。あまりのことに愕然《がくぜん》とした。

そんなことをパパが許してるなんて信じられなかった。

だってパパ、家族にはほんとに優しいのよ。忙しくてほとんど一緒にいられないっていうのもあるんだろうけど、会うときにはいつだって優しい言葉を掛けてくれた。

あの優しいパパが、なんでよそのひとには、こんなひどいことをするの？

でも、すぐに気付いたんだ。ああ、けっきょくパパは、ドン・コルレオーネだったのね、って。

家の中では天使でも、外に出れば悪魔の顔を見せる。マフィアのドンみたいなひと。

それとも、ただ弱かっただけなのかな。自己保身にきゅうきゅうで、ひとの苦しみにまで気が回らない。どっちも、ありそうなことだけど……。

この頃は、ずっとひとりで泣いてばかりいた。

浮気のこともあったし。大人は誰も信じられなかった。

ジュン兄にも、このことは言えなかった。なんか、ジュン兄にはわが家の悲劇の外にいてほしかったの。

お兄ちゃんだけでもさ、カラッと晴れた夏の空みたいな笑顔でいてほしかったのよ。

わたしは自分がすごく恥ずかしかった。自分に与えられた富を、ぶくぶくに太った豚かなにかみたいに、ただひたすらむさぼって生きてきたこと。その陰で、どれだけのひとたちが苦しい思いをしていたのか……。

消えてしまいたいほど恥ずかしかった。

そこからね、告発を考えるようになったのは。

なかなか踏ん切りが付かなかったけど、計画だけは少しずつ進めていた。

飛男とふたりで工場のひとたちの退社時間を調べたのもそう。なにかをせずにはいられなかった。

かなりひどい噂を流されたけど、まあ、仕方ないよね。それは、初めから覚悟してたし。

噂でひどく言われることには慣れてる。それはわたしの宿命みたいなものだから。

ただ、ジロだけにはね……。

誤解されたままでいたくなかった。ほんとのわたしを知ってほしかった。

だから「伝記大作戦」。

もちろん、わたしの身に起きたことを文章に残しておきたいって思ったのはほんとよ。伝記を読んだ子たちが、大人たちの不正にノー！　って声を上げられるようになったらいいな、って、そう思った。

わたしたちはみんな「国境なき少年少女団」なのよ。子供たちは見ている、知っている。

口をつぐまずに声を上げるの。勇気を持って行動するの。

そんな物語がこの星を埋め尽くせば、世界はきっとよくなるはずでしょ？


われながらいいアイデアだと思った。一石二鳥？　それとも三鳥かな？

これなら自然にわたしのこと知ってもらえるし、ジロのミューズになるって願いも、なんだか叶《かな》えられそうじゃない？　ジロの才能を促し支援するの。

もし工場の不正を告発したなら、もうわたしはこの町にいられなくなるだろうし、そしたらジロとも二度と会えなくなる。

ジロはありきたりな学園クイーンのわたししか知らなくて、そのうち、そんな子がいたなんてことさえ、ぼんやりとしか思い出せなくなっちゃうの。

モモ？　ああ、そんな名前の子もいたよね、なんてさ。

そんなの悲しすぎる。だから、勇気を振り絞って声を掛けたの。

ジロに本当の自分を見てもらうのは、ちょっと恐くもあった。これってすごく矛盾してるよね。自分で望んでおきながら、いざそうなったら、どこかに逃げ込みたくなっちゃうなんてさ。

自分を見せるっていうのは、比喩的に言えば一枚ずつ服を脱いでいくようなものなの。

とくにわたしみたいな女の子にとってはね。すごく心許《こころもと》なくて、どうにも落ち着かない気分になる。慣れてないのよ。

装うことは得意よ。天賦の才、ってやつ？

もとから、自分がひとと違ってることには気付いてたから、なんとか、そのギャップを埋めようとしてた。

わたしはつねによそ者で、どうせいつだって、みんなからあることないこと好きなように噂されるんだから、だったら自分で自分のイメージをつくりあげちゃおうって思ったの。決してほんとのわたしは見せずにね。

ほら、デビッド・ボウイの「ジギー・スターダスト」ってあるでしょ？　あんな感じ。なり切るの。

うまくやりたいなら、みんなの想像に寄り添うこと。ありきたりな学園クィーン。馬鹿にされたってかまわない。敵視されるよりはましでしょ？　どうせ長い付き合いじゃないんだし。

いまの学校でもおんなじ。何度目の舞台？　みんな好きなように噂してたよね。ロリータごっこに不純異性交遊。あと同性愛の噂もあったね。みんなわたしに耳がないとでも思ってるのかしら？　笑っちゃうよね。あれはきっとジュン兄や大学の同好会仲間のことね。同性愛の恋人って誰？　ママのこと？　ほんとゴシップって幼稚で醜悪。

まあ、いろいろあったけどさ、とにかくジロには分かってもらえたと思う。ほんとのわたしってやつを。

ファーストキスまでしちゃったしね。最高の思い出をもらった。だから、もう思い残すことはないの。あとは、やるだけ。

もちろん迷いはあるよ。後悔もすると思う。ある部分ではね。きっとそう。わたしは家族を裏切る。パパを裏切り、ママを裏切る。ジュン兄だって……。きっとわたしを罵るひともいるでしょうね。なんてひどい娘なんだ！　って。自分でもそう思うもん。

でも、やらなきゃいけない。工場で働くひとたちのために、そしてパパのためにも。

パパにはいいひとになってもらいたい。

権力って恐いよね。ひとたびその地位に就くと、ひとはまるで別人のように変わってしまう。洗脳されちゃうのよ。

だから、パパには目を覚ましてもらいたい。一生、許してくれないかもしれないけど、それでも……。

最後に大事なことを言っておくね。

わたしはあの噂を信じてる（噂は噂でしかないけど、それでも）。だから、また逢《あ》いましょう。あの場所で。

いつとは言わない。ふたりの思いが重なったとき、きっとわたしたちは再会する。そう信じてる。

ジロとのダンスは最高だったよ。

ふたり、知恵の輪みたいに絡み合ってさ、永遠に解けなければいいのにって、そう思った。

わたしたちは世界で一番難しいパズルなんだ。誰にもわたしたちを引き裂くことなんてできない。なんたって、わたしたちは最強のカップルなんだから、って。

愛してるよ、ジロ。じゃあ、またね。

# エピローグ

週末の昼下がり、約束した時間通りにその女性はやって来た。

女子生徒は読んでいた本を閉じると椅子から立ち上がった。

「こんにちは」

「こんにちは」

とてもきれいな女性だった。女子生徒はすっかり圧倒されてしまい、ひどく緊張しながら、この美しい来訪者の応対をした。

モデルなのかな？　背だってすごく高いし。もしかしたらハーフかもしれない。

「例の本は図書室の一番奥にあります」と女子生徒は言った。

「案内します。こちらです」

彼女は緊張を紛らわそうと、歩きながらひとりしゃべり続けた。

「先輩からの申し送りなんです」

そこでコホンとひとつ空咳をする。なんだか背中がムズムズした。

「文芸部の部員だけが事情を知ってて、その本を管理してるんです。もうご存じかもしれないけど、著者はこの学校の先輩なんです。うちの部にSFマニアのOBがいて、そのひとが教えてくれました。ふたりはクラスメートだったんです。とってもカッコよかったらしいですよ。スマートでハンサム。この本もすごくよく出来ています。ほんとに出版された本みたいに見えます。きちんと製本されてて、うしろには貸し出しカードだって付いてます。もう、そうとうな数の生徒がこの本を読んでます。じつは、この図書室のひそかな人気作品なんです」

本が置かれている棚に着くと、女子生徒は、これです、と言って背表紙を指差した。「永遠に解けないパズル」。その下に少し小さな文字で「彼女の物語」と書かれてあった。

「ありがとう」とその女性は言った。

「テーブルを借りてもいい？」

「どうぞ。わたしも、あっちで自分の本を読んでますから、なにかあったら呼んで下さい」

彼女はテーブルに着くと、まず表紙をたしかめた。

やはり題名しか書かれていない。うっすらとエンボス模様が入ったピンク色の表紙で、文字は銀色だった。

彼女は表紙をめくると最初のページに目を遣った。

目次はなかった。いきなり本文から始まっている。手書きではなく、きちんと印刷された文字だった。

彼女は頬に落ちた髪をかき上げると、ページの初めに置かれた章題に目を落とした。

「まえがきみたいなもの」と書かれてあった。

彼女の物語は、そこから始まっていた。

作中に登場する詞はすべて、著者によるオリジナル訳詞です。

## ――本書のプロフィール――

本書は、二〇一七年七月に単行本として小学館より刊行された作品を改題し、文庫化したものです。

小学館文庫

# 永遠《えいえん》に解《と》けないパズル

著者　市川拓司《いちかわたくじ》

二〇一九年七月十日　初版第一刷発行

発行人　岡　靖司
発行所　株式会社　小学館
〒一〇一-八〇〇一
東京都千代田区一ツ橋二-三-一
電話　編集〇三-三二三〇-五一三四
　　　販売〇三-五二八一-三五五五
印刷所――図書印刷株式会社



この文庫の詳しい内容はインターネットで24時間ご覧になれます。
小学館公式ホームページ　http://www.shogakukan.co.jp


ISBN978-4-09-406660-9